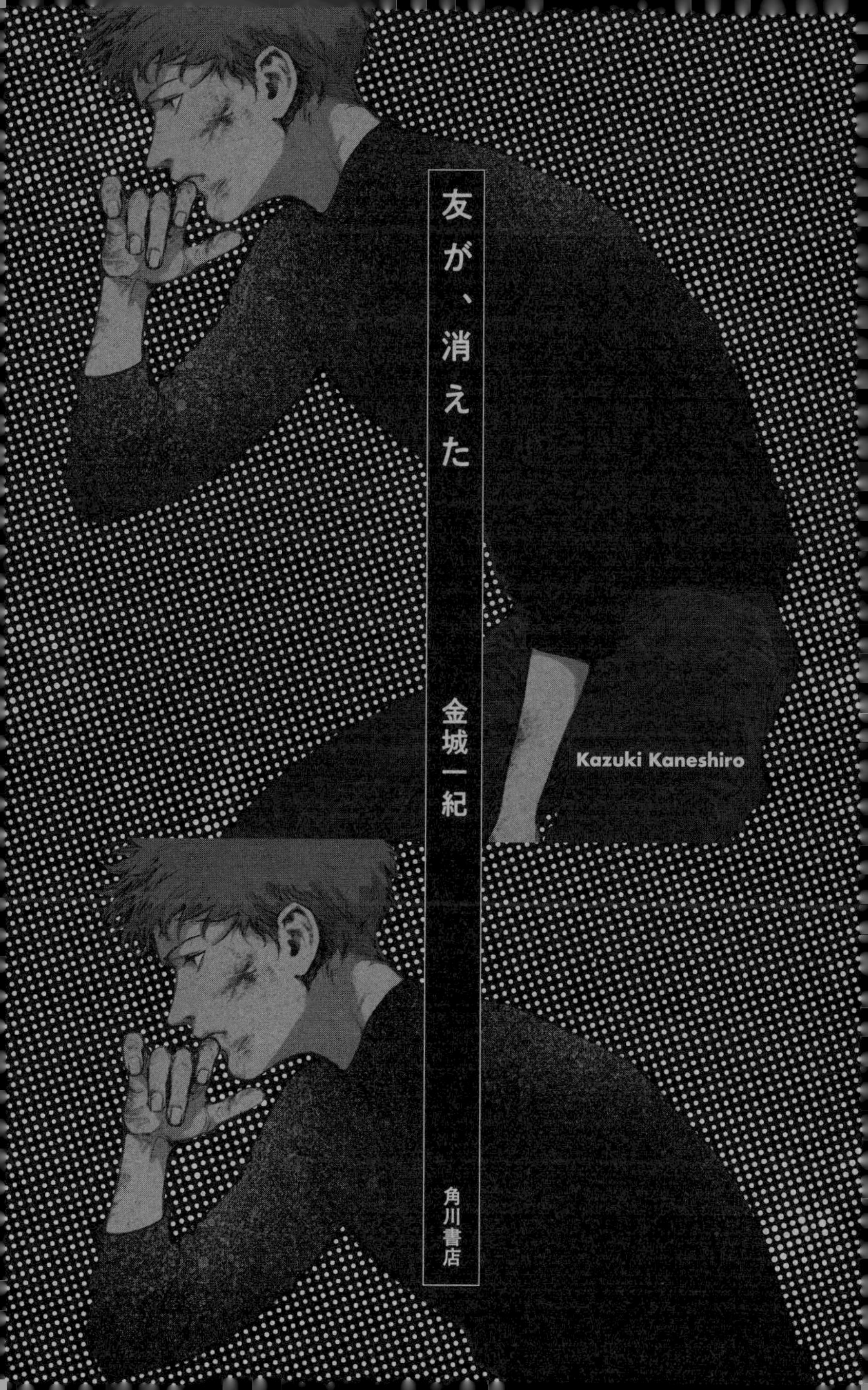

友が、消えた

金城一紀

Kazuki Kaneshiro

角川書店

友が、消えた

この分割された世界、二つにたちきられた世界には、
異なった種の者が住みついている。

——フランツ・ファノン

冒険にふさわしい者が秘められた真実の探求を行えば、
それはおのずと冒険譚となる。

——レイモンド・チャンドラー

1

肩を揺すられて目を覚ました。

目を開けると見慣れた女の顔があった。僕よりも一回りほど年上で端整な顔立ちをした女は険悪な眼差しで僕を見下ろしていた。初めて会った時には優しい笑みを浮かべてくれたのに。仕方なくソファから両足を下ろして上半身を起こした。

「何度目、注意されるの」

司書の女の尖った声が棘になって体のあちこちに刺さり、眠気が急速に薄れていく。短い沈黙のあとに答えた。

「五度目?」

司書の女は瞬時に縦皺を眉間に刻んで、言った。

「行間を読みなさいよ、一応大学生でしょ」

「実は高校生だったりして」

縦皺がクレジットカードの読み取り部分を通せるほど深くなった。これ以上のへらず口は危険だったので、観念して最善の道を選んだ。出禁だけは避けたかった。ここは大学の中で一人でいても浮かない唯一の場所なのだ。

「すいませんでした。以後気をつけます」

「ちなみに注意するのは九度目。次に見つけたら学生証を提示してもらうから」

司書の女はそう言うと、不機嫌な足取りで去っていった。底が厚切りベーコンみたいなスニーカーを履いているので足音はごくごく控えめだったが。図書館のプロへの敬意を覚えつつ、腕時計を見た。まだ午後二時だった。四時まで眠るつもりだったのに。

脳のあちこちにまだ薄い眠りの膜が残っていたが、枕代わりにしていたデイパックを手にしたあと、思い切り息を吸い、体に勢いをつけてソファから腰を上げた。


図書館を出ると、11月には不似合いな濃くて強い日差しが目を突いてきた。熱く湿った空気が顔を覆う。中庭を行き交う学生たちのほとんどはTシャツ姿だった。羽織っていたパーカーを脱ぐかどうか迷ったが、そのままで中庭に足を踏み入れた。

学生食堂はクーラーが効いていた。缶コーヒーを買い、フロアの奥に向かった。陽当たりの良い窓際のテーブルには大学案内のパンフレットに載っていそうな男女六人のグループがいて、まばらな利用客の中で一際目立っていた。そのテーブルの脇を通り過ぎる時、男の一人が僕をじっと見つめていることに気づいた。僕と視線が合っても逸らそうとしない。見覚えのない顔だったので気にせずにやり過ごした。

お気に入りの壁際のテーブルについて缶コーヒーを一口飲んだあと、デイパックの中から本を取り出した。アメリカ史上二人目の黒人のボクシングへビー級チャンピオンに関するルポルタージュだ。古本屋で適当に買ったものだったが、歯応えが良くてこの数日かかりっきりになっていた。寝不足の原因だ。

数ページの助走を経て本の世界にダイブしかけた時、人影が視線の隅に不意に侵入してきて集中力が途切れた。軽い苛立ちを感じながら視線を上げ、人影に向けた。さっき僕を見つめていた男が薄い笑みを浮かべつつ、テーブルのそばに立っていた。紺のカーディガン、白いTシャツ、青のジーンズ、薄茶色のローファー。そつの無い恰好に穏やかな雰囲気。ひとりぼっちの可哀想な大学生をターゲットにする宗教の勧誘かもしれない。男は笑みを深めて言った。

「突然、ごめん。君の出身高校は――だよね？」

久しぶりに母校の名前を聞き、持ったままだった本をそっとテーブルに置いた。男から不穏なものは感じなかったが、僕の高校時代が不穏だったので念のためだ。僕が答えずにいても、男は何かを期待した眼差しで僕を見つめていた。鬱陶しい目つきだ。

「だったらどうだっていうんだ」

反射的に口から出た言葉だったが、自分でも驚くほど語気が荒かった。男は軽く眉をひそめ、順序を間違えたみたいだね、どこからやり直せばいいかな、と言い、束の間思案して続けた。

「僕は結城拓未、法学部法律学科の一年。出身高校は新宿東」

我が母校から一キロも離れていない高校だ。ただし、偏差値は三〇〇万光年ぐらい離れている。もちろん、銀河系の辺境にある未開の猿の惑星が我が母校だ。

「君と仲間たちの最後の襲撃を友達と一緒に見に行ったんだ」

そう言って、結城は僕の反応を窺った。かつて存在した衝動と熱狂。無邪気で可憐な過去。僕の無反応を見て取ると、結城の顔にかすかな焦りが浮かんだ。

「僕は高二だった。君を見たのはその時が初めてでほんの一瞬だったけど、教室で見かけた時、すぐに君だって気づいたよ。刑法の授業でよく見かけるから君も法学部だろ?」

一〇秒ほどの沈黙。この状況に耐えきれずにそそくさと去っていくかと思ったが、結城はどうにか持ち堪えた。

「座ってもいいかな。少し話がしたいんだ」

「昔話はしたくないんだ、悪いけど」

「昔話をしたいわけじゃない。君に相談したいことがあるんだ」強い意思が声に含まれていた。

「どうして見ず知らずの人間から相談を受けなきゃならないんだよ」苛立ちを隠さずに言った。

結城の目に小さな反発が点ったが、それは徐々に悲しげな色へと移り変わっていった。

「確かにその通りだね。勝手に君を昔からの知り合いみたいに思って無遠慮だった。ごめん、邪魔したね」

結城は肩を落としながら爪先を窓際のテーブルへと向けたが、一歩は踏み出さなかった。そして、短い逡巡を経て再び僕を見つめた。

「君たちは困ってる人間をほっとけないって聞いたんだ。人助けのためにいくつもの難しいトラブルを解決したって」

まっすぐな視線だった。僕はどうにか目を逸らさないで言った。

「ただの噂だよ」

そうか、と力の無い声で応えたあと、もしよかったら君の名前を教えてくれないか、他意はないよ、ただ知りたいんだ、と結城は言った。僕は答えなかった。

結城はそっと目を伏せ、ゆっくりと去っていった。がっかりという大きな文字が背中全体に浮き上がって見えるようだった。

僕は結城の後ろ姿にすぐに見切りをつけ、本を手に取りページに視線を落とした。一〇秒ももたずに本をテーブルに戻した。缶コーヒーに口をつける。椅子の動く音が立て続けに鳴り、結城たちのグループがテーブルを離れていくのがわかったが、視線は向けなかった。

五分ほどかけて、ちびちびと缶コーヒーを飲み干した。

いつの間にか、客は僕一人になっていた。

椅子の背もたれに背中を預け、軽く目を閉じた。

祭りの日々は終わったのだ。

2

午後四時に大学を出て品川駅に向かい、新幹線に乗った。名古屋に着くまでのあいだ、車窓を流れる暗い景色を見るともなく見て過ごした。本の続きを読む気にはなれなかった。

名古屋駅前からタクシーに乗って昭和区の南山町という高級住宅地に向かった。目当ての家にたどり着いたのは六時五五分。豪邸と呼ぶにふさわしい家のまわりをぶらついて五分を無駄遣いした。シャネルのトレーナー姿の奥様の連れた毛糸玉の集合体みたいな洋犬とすれ違った時、本気で吠えられた。財布の中身が少なそうな人間を警戒するように躾けられているのかもしれない。

約束の時間ちょうどの七時にインターフォンのチャイムを鳴らした。すぐに応答があり、用件を告げた。ほどなく通りに面したガレージのシャッターが自動で開き始めたので、門扉の前から移動した。

ガレージの中にはポルシェ911とフォードマスタング、それに家主がいた。緑のポロシャツを着て口髭を綺麗に整えた家主は四〇ぐらいの男で、表情の無い目で僕を一瞥すると、ふいに真っ黒い肉食獣のようなフォードマスタングの運転席側のドアを開けてコックピットの説明を始めた。僕は慌てて車に近づき、家主の言葉に耳を傾けた。説明が終わり、二人で車体のチェックをした。目立った傷は見当たらなかった。なんで輸送サービスを使わないのかな、あの人はやっぱり変わってるな、と家主は不満げに言ったあと、念のために免許証を見せろ、と付け加えた。僕は財布から免許証を抜き出し、家主に見せた。家主は僕の手から免許証を取り、一旦目に近づけたあと徐々に離してチェックを始め、老眼じゃねぇぞ、暗いからだ、と言い訳した。僕が煌々と点っている照明に視線をやると、家主は軽く舌打ちをして言った。

「これなんて読むんだよ、なんぽう、か？」

「みなかた、です。南方熊楠の南方です」

家主は、なんだそりゃという表情で免許証を僕に返したあと、ポケットから車の鍵を取り出して渡した。

「予備のキーはダッシュボードに入ってる。ワンオフモデルだからな、おまえが弁償できるような車じゃないんだからな、気をつけて運ぶんだぞ」

「わかってます」

車に乗り込み、イグニッションをまわしてエンジンを起こした。ギアを一速に入れ、ゆっくりとデリケートにクラッチを繋いでいく。エンストでもやらかして家主におまえ呼ばわりをされながら小言を食らうのはごめんだった。タイヤがまわり始めるタイミングで、優しくアクセルを踏んだ。車は素直に前へと進み、ガレージを出た。

高速道路を使わずに東京を目指した。

車が持て余しているパワーを解放してやりたかったが、一度別のスポーツカーの陸送で高速に乗った時、煽り運転に遭ってめんどくさいことになった。それ以来下道だけを使うことに決め、のんびりと走ることにした。そもそも早く着いたところでやることなんてないのだ。

日付が変わる前に遠州灘に突き当たった。車の引き渡しは朝の八時だった。寄り道できそうだったので、道の駅に車を停めた。店はすべて閉まっていた。自動販売機で缶コーヒーを買い、海側のベンチに座った。バイパスの向こうにある海を見つめたが、暗くて何も見えず、波の音も聞こえなかった。コーヒーを飲んでいると、別れ際の結城の顔が思い浮かんだ。運転中にもフロントガラスの向こうの闇にずっと浮かんでいた顔だ。結城は根本的に勘違いをしている。僕は結城と同じようにただの大学生なのだ。結城が解決できないのなら、それは僕の手にも余るトラブルということだ。何よりかつて僕のそばにいた頼り甲斐のある仲間たちは、もういない。以前は甘美な響きを持っていたトラブルという言葉も、今では億劫に感じられる。僕は一人きりだ。決定的に。コーヒーを一気に飲み干して車に戻った。

国道一号線に乗り、フロントガラスの向こうに広がる闇を見つめながら、ひたすら北上した。静岡の藤枝市に入ったあたりでカーラジオをつけ、ジャズが流れるFM局にダイヤルを合わせた。三〇分もすると番組が変わり、ロックの名曲が流れ始めた。すぐにボブ・ディランの『ライク・ア・ローリング・ストーン』がかかったので、ラジオを消した。

午前七時に多摩川を渡り、名残を惜しみつつ国道一号線に別れを告げた。品川目黒世田谷の三つの区を突っ切って渋谷区に入った。ガソリンスタンドで燃料を補給し、午前八時一分前に目的地の代々木上原に到着した。高級住宅地から高級住宅地へのドライブ。

まともに稼いでいては絶対に住めない三階建て最高級マンションの前に車を停めてエントランスに入り、オートロックシステムの操作盤のボタンをあれこれ押して依頼人を呼び出した。今行く、という返事があったので、車に戻った。

このマンションを初めて訪れたのは一年前のことだった。僕はアルバイトの引っ越し要員で、ある部屋に荷物をせっせと運び入れていたところ、若松という別の引っ越し要員がメインベッドルームでおかしな動きをしていることに気づいた。部屋主はリビングで調度品の配置を他の引っ越し要員たちに指図していて、明らかに隙をついた行動だった。見て見ぬふりもできたが、何してるんですか、と声をかけた。若松は今にも噛みつきそうな顔で僕を見ると、うるせぇ引っ込んでろ、と押し殺した声で凄んだ。コンセントの差込口のカバーが外されていて、盗聴器を仕かけているのがわかった。僕は一〇秒もかからずに若松を拘束し、部屋主に差し出した。部屋主は恩義を感じ、それ以来僕に割りの良いアルバイトを依頼してくれるようになった。

襟元が縒れた白いTシャツに着古した灰色のイージーパンツに黒いビーチサンダル、それに無精髭で寝起き顔の依頼人がエントランスから出てきた。四〇過ぎの中年男のだらしない身なりが瀟洒なマンションの品位を圧倒し、画になっていた。

「どうだった？」かすかにかすれた寝起き声で依頼人が聞いた。

「良い車です。これまで乗った中では一番でした」

そうか、とつぶやいて依頼人は軽く目を細めつつ車体を見つめた。長い睫毛に朝の光の粒子がくっついて輝いていた。美しい横顔だった。自然の気まぐれにせよ神の計らいにせよ、こんな容姿で生まれたら周囲がほっておかず否応なしに人生が規定されてしまうだろう。矢野徹。依頼人の俳優としての名前だった。本名かどうかは知らない。

「余計なことですけど」

「なんだ？」

「これは走るために生まれてきた車です。だから、あんなところに眠らせておかずに思い切り走らせてやってください。じゃないと可哀想です」

矢野は曖昧な笑みを点しつつ、そうだな、思い切り走らせてやりたいな、とつぶやくように言ったあと、イージーパンツのポケットから白い封筒を取り出して僕に渡した。

「ありがとうございます」

「ところで、見てくれた？」

「はい」

「どうだった？」

大ヒット公開中の矢野の主演映画のことだった。ベストセラー小説の映画化だったが、観客の知性と感性を毀損する目的で作られたような作品だった。

「なかなか良かったです」

矢野はまだ眠そうな目をすっと細めて僕を見た。おまえ本気で言ってんのかよ。言葉よりも雄弁な表情と沈黙に耐えかね、僕は正直に言った。

「ひどかったです」

矢野は薄く微笑み、だよな、と応えた。ほんとのことを言ってくれるのはおまえだけだよ。できれば言いたくなかったのだが。

矢野は笑みを収めると僕の肩を優しく叩き、また連絡する、と言ってマンションに戻っていった。

矢野の姿が建物の中に消えるまで見送ったあと、車に乗り込み、すぐに発進させた。


マンションから五分ほど走った場所にある斎場に着いた。敷地の入口に顔馴染みの案内係のおっさんが立っていたので、サイドウィンドウを下ろし、左手を車外に出して挨拶しながら敷地に入っていった。高級住宅地にあるにしては大きな斎場で、屋外駐車場の他に本館の地下には予備の駐車場があった。矢野はその一角を借り、スポーツカーのコレクションを並べていた。矢野がどうしてここに目をつけ、どうやって借りることができたのかは知らない。

駐車場に繋がるゆるやかなスロープを下り切ると、途端に薄暗くなった。目が慣れるまでのろのろと進み、一番奥の空いているスペースに車を停めた。車から出て、まわりに置かれたアストン・マーティン、ポルシェ、ジャガー、フェラーリたちを眺めた。どれも美しかったが、童話のお姫様のように深い眠りの中にいた。王子様は彼女たちにキスをして起こすつもりはないようだった。一度、なぜ乗るつもりのない車を買うのか王子様に訊いてみたところ、銀行に金を寝かせとくのが嫌なんだよ、という答えが返ってきた。本心とは思えなかったが、それ以上は問い詰めなかった。

温もりの残るマスタングのボンネットにそっと手を置いて別れを告げ、地上に出た。ご苦労様です、と敷地を出る時に案内係のおっさんに声をかけた。カッコいい車だねぇ、と応えてくれた。

歩いて矢野のマンションまで戻り、ポストに車の鍵を入れ、代々木上原駅に向かった。電車を乗り継いで茗荷谷駅で降り、小石川植物園のすぐそばの自宅に帰った。四階建てマンション最上階の2DK。仕送りのない大学生が住める物件ではなかったが、ある理由で格安の家賃だった。

部屋に入ってすぐに冷蔵庫からミネラルウォーターのペットボトルを取り出し、ダイニングのテーブルについた。開けっ放しの寝室のドアの向こうに窓から差し込む光が床に落ちているのが見えた。ペットボトルを持って寝室に向かい、陽を浴びるためにベランダに出た。すぐ近くに見える植物園の緑を水を飲みながら眺め、穏やかな時の流れに身を置いた。二羽の鳥がすぐ近くで優しく囀り合っている。この風景と鳥の奏でる優雅な音楽をもってしても、前の住人の自死は防げなかった。よっぽどの苦悩と事情があったのだろう。

前の住人の死体が発見された寝室に戻り、ストレッチャーに毛が生えた程度のシングルベッドの端に腰かけ、大学に行くべきかどうか考えたが、すでに答えは出ていた。鳥の囀りが子守唄にしか聞こえなかったのだ。ボトルを床に置き、目覚まし時計のアラームを午後四時に合わせて寝転がった。目を閉じるとふいに結城の声が聞こえた。君たちは困ってる人間をほっとけないって聞いたんだ。何度も頭の中で再生される言葉がやかましく、眠るどころではなかった。寝返りを打つのにも飽きて一時間ほどでベッドを出て隣の部屋に入った。書斎を自称しているが、あるのは天板にところどころひびが入った小さなデスクと大きな地震が来ると必ず倒れる背の低い本棚、それにレコードプレーヤー付きの安いシステムコンポと三〇枚のLPレコードだけだった。

デスクにつき、ラップトップパソコンを開いて電源を入れた。古いモデルで少し呆けていて、おはようを言うのにもいちいち時間がかかる。五分ほど待ってようやくシステムが安定したので、メールをチェックした。ゼロ。電源を落とし、ラップトップを閉じた。本を読んで時間を潰そうかと思ったが、まぶたが重かったのでレコードを聴くことにした。クリフォード・ブラウンが弦楽器をバックにトランペットを吹いたアルバムを選んでターンテーブルに置いた。高校時代に行きつけだったジャズ喫茶の廃業が決まった時、好きなもんを持ってけ、とマスターから言われたので、真っ先にこのアルバムを選んだ。若くして死んだ僕の親友のお気に入りで、何度も一緒に聴いたアルバムだった。

壁に背中を預け、煌めいては消えていくトランペットの音に耳をすました。二枚目のセロニアス・モンクのソロアルバムを聴いているあいだに眠りに落ち、隣の部屋で鳴るアラームで起きた。顔を洗ってトレーニングウェアに着替え、飲みかけのボトルとタオルと矢野からもらった封筒をデイパックに入れて四時一五分に部屋を出た。

3

　愛車のクロスバイクをせっせと漕ぎ、なるべくなら近づきたくない場所へと向かった。午後五時五分前に戸山公園の大久保地区に着き、園内に入って芝生広場を囲むベンチのそばに愛車を停めた。広場の真ん中にはブラキオサウルスの子供ぐらいのサイズの銀杏の樹があり、その根元にはヴェロキラプトル並みの凶暴性を持つ二人の男が座っていた。二人ともニルヴァーナのTシャツを着て、着古したブルーのジーンズを履いていた。親子ほど歳の違う二人に血の繋がりはなかったが、よく似ていた。容姿ではなく、同じ種族という意味で。

　銀杏の樹にたどり着くと、ランボー吉田さんが薄く微笑みながら手を上げた。こんにちは、と挨拶を返し、樹の根元にデイパックを置くと、もう一人の若い男は僕と視線を合わそうともせずに腰を上げて樹からゆっくりと離れていった。僕はスニーカーの紐を結び直すために芝生に座った。

「日本の秋はいいね、ほんとに」

　ランボーさんは目を細めて杏色の空を見つめていた。深く刻まれた目尻の皺が年輪を示していたが、肉体にたるんだ箇所は見当たらなかった。新宿区の日雇い労働者の元締的存在であるランボーさんと知り合ったのは僕が一六歳の時で、それ以来何かとお世話になっていた。ランボーさんは日系二世でベトナム戦争に従軍経験のある退役軍人《ヴェテラン》だった。それがランボーという異名の由来だが、歳を取るにつれて哲学者のような風格が備わってきていて、ものを知っている日雇い労働者には詩人のほうと思われている。

「早くしろ」

樹の陰から外れた場所に立つ若い男から声がかかった。僕は立ち上がって歩み寄り、一八〇センチの背丈と一流アスリート並みの肉体をもつ若い男と歩幅二歩分ぐらいの距離を空けて対峙した。短く刈り込んだ金色の髪、光の加減によって色が変化する灰色の瞳、高くて逞しいがかすかに曲がった鼻筋、強い意思を主張する引き締まった口。白い肌も含めてパーツだけを見ればどれもが西洋のものだったが、トータルではどこか東洋の面影を宿していた。

ウィルが右手をヒップポケットに伸ばした。僕はこの男のことをほとんど知らない。ウィルという名前でランボーさんの側近、それに特異な戦闘能力を有していることぐらいしか。歳は二〇代後半。多分。

ウィルの右手が前に戻ると、ナイフが握られていた。見せかけだけの無駄な筋肉が一切ないしなやかな上半身がすっと前傾姿勢になった次の瞬間にはウィルが目の前にいた。ナイフは僕の左の頸動脈を狙って斜め上方から振り下ろされていたが、この分かりやすい攻撃はたぶん撒き餌だ。防御しようと左手でウィルの右手を弾こうとしたが最後、ナイフは一瞬で軌道を変えて僕の左手の下を掻い潜り、腹部を一文字に切り裂くはずだった。なので、恐怖から反射的に左手を上げそうになるのを必死に堪えつつ、刃先が届かないギリギリのところにバックステップした、つもりだったが、いつの間にかウィルの右足が僕の左足を踏んでいて、その場でよろめいただけに終わった。そして、ナイフは僕の左の頸動脈の上を一瞬で通り過ぎていった。僕は死んだ。これがトレーニングでなければ。ウィルの握っているのが刃を落とした模造ナイフでなければ。

ウィルが足を離すと、僕はバランスを崩して尻餅をついた。ウィルは無表情で僕を見下ろしたまま、隙を見せないように後ろ歩きで元の場所に戻った。殺されることに屈辱を感じたのはトレーニングを始めたばかりの頃だけで、今では殺されるたびにウィルのイマジネーションに感心し、楽しんでもいた。肉体の動きは脳の創造物だ。芸術なんてすかした言葉は嫌いだが、ウィルの創り出す動きはそう呼んでも差し支えない気がした。ウィルの暴力は美しい。

「必死に生きようとしてないね」いつの間にかランボーさんがそばに立っていた。「だからイージーに殺されちゃう。それはすごく恥ずかしいことだよ」

僕はゆっくりと立ち上がり、ナイフの刃が擦れてひりつく頸動脈に手のひらをあてた。

「そうやってガードすれば殺されずに済んだ」

軍で近接格闘の教官をしていたランボーさんは一瞬でヒップポケットから模造ナイフを抜き、その手をさっと動かした。ナイフの刃は頸動脈を覆う僕の手の甲をかすりながら流れていった。

ランボーさんは模造ナイフをヒップポケットに戻して言った。

「必死に生きようとすれば絶対に道は見つかるよ」

僕は頸動脈から手を離し、再びウィルと対峙した。

結局、空が杏色から葡萄色に変わるまでの一時間、ウィルに四七回殺され、生き延びたのは三回だけだった。途中で攻守を変えてウィルに五〇回攻め込んだが、殺せたのは二回だけだった。たったの二回でもウィルは不満だったらしく、トレーニングが終わるとすぐに不機嫌そうに広場を出ていった。

「いいね、だいぶ上達してるよ」

樹の根元に戻ると、ランボーさんに褒められた。素直に嬉しかった。本格的なトレーニングを始めて二年余りが経っていた。ナイフ術のほかに徒手格闘や武器術も習っている。習い始めた理由は単純で、打ち込める何かが欲しかったからだ。一緒に時を過ごす友達はいない。これといった趣味もない。不定期のアルバイトだけが予定を埋める日々は耐え難かった。

デイパックからミネラルウォーターを取り出した時、ウィルが戻ってきてランボーさんに目配せした。ランボーさんが振り返り、芝生と遊歩道の境界に視線を向けた。一〇人ほどの男たちが固まって立っていた。ランボーさんは男たちに向かって軽く手を上げた。男たちはなんらかのトラブルを抱えた日雇い労働者やホームレスで、ランボーさんに助けを求めに来ているのだ。ランボーさんは持ち込まれる問題のほとんどを無償で解決していた。

またね、と言ってランボーさんが立ち上がろうとしたので、僕は慌ててデイパックの中から封筒を取り出して手渡した。中身は一〇〇万円だったが、ランボーさんは改めもせずにヒップポケットにねじ込んだ。一年前に実家を出ることになった時、引っ越し費用が足りずに困っていたところ、これは利子なしの多目的融資《オール・パーパス・ローン》ね、とランボーさんが一〇〇万円を貸してくれた。ランボーさんの好意はありがたかったが、僕に投資の価値があるとは思えなかった。もちろん、トレーニングの対価も払っていない。

「今更ですけど」と僕は前置きしてランボーさんに言った。「どうしてこんなによくしてくれるんですか」

　僕だけではなく、芝生の外で待つ人たちの中にも答えを聞きたい人がいるに違いない。ランボーさんは少し困ったような表情を浮かべた。初めて見る顔だった。ランボーさんが答えに詰まることは滅多にない。そのあいだに殺されてしまうから、という理由で。ランボーさんは五秒ほどの沈黙のあとに言った。

「理由なんかなくて、本能《インスティンクト》だね。助けろという声がするから、それに素直に従うだけ。その声を無視すると自分が自分じゃなくなるからね」

　ランボーさんは、オーケー？　という顔で薄く微笑んだ。僕はサンキューと言って、ランボーさんを送り出した。調子に乗るなよ、とウィルが言い残して僕のそばを離れていったが、意味がわからなかった。二回殺されたのがよっぽど気に入らなかったのかもしれない。

　帰りはこれまで避けてきた道を選び、公園のすぐそばにある我が母校の前をゆっくりと走った。車道から見える校舎の窓のほとんどは暗く、校内もひっそりとしていた。本能。僕が高校時代に最優先にしていたもの。

かすかな痛みをともなう感傷に浸りかけた時、校門の向こうに下品なオレンジ色のジャージを着た人間を見た気がした。やばい、逃げろ。考える間もなく愛車のスピードを一気に上げ、学校から必死に遠ざかっていた。クソったれの暴力体育教師が猛ダッシュで追ってきていないか、何度か背後をチェックしながら。学習院までたどり着いて足を緩めると、自然と笑い声が出た。本能に素直に従ったのは久しぶりだったのだ。

小さな交差点の赤信号に引っかかり、愛車を停めた。行き交う車や人はなく、僕一人だけが誰かの意図で点された信号に支配されていた。答えを迷っているうちにこの世界はゆっくりと確実に僕を殺していくだろう。動け。惑うことなく足が動き出し、僕は赤信号を渡った。

4

大教室の掲示板の前にいるのは僕一人だけだった。あと一〇分で一限の始まる午前九時だった。いつもはさぼっている民法の授業に出るつもりだったが、教授の都合で休講だった。遅刻しないように朝早くから愛車を必死に漕いだ甲斐がなかった。案内がいつ貼り出されたか知らないが、休講の噂は強力な疫病のように学生たちのあいだで瞬く間に広まったはずだ。友達はおろか知り合いと呼べる存在さえいない僕にウイルスが及ぶことはない。『地球最後の男』の気分を味わいつつ、誰もいない大教室に入って最後列の席に座った。デイパックの中から時間割を取り出して三限に社会学の授業があるのを見つけた。単位が取りやすいという噂で、履修者が多かった。三限まで校内で暇を潰すことにした。

空っぽの大教室は読書には最適の環境で読みかけの本に没頭できたが、九〇分はあっという間に過ぎ、無情にも一限終了のチャイムが鳴った。次の授業を受ける学生たちと入れ替わりに図書館に移動していつものソファに身を埋め、本の残りを読んだ。宿敵の美人司書が三〇分に一度見回りに来たので期待に応えるために寝た振りをしようかとも思ったが、無益過ぎるのでやめておいた。三限の始まる三〇分前に本を読み終え、何をするでもなくジョー・

ルイスの生涯に思いを馳せながら一五分を過ごし、さっきの大教室に戻った。

教室の入りは半分ほどだった。最後部のドアのそばに立って学生たちを見渡していくと、真ん中あたりの席に座る目当ての顔をすぐに見つけた。授業が終わる頃に出直そうかとも思ったが、目当ての人物が途中で退席する可能性もあるので出席することにした。ドアから一番近い席に座った。始業のチャイムが鳴って三分後に教授が現れ、授業が始まった。

基本書が淡々と朗読されるだけの催眠術のような九〇分をどうにか居眠りせずに耐え抜いた。目当ての人物が四人の連れとともに席を立って最後部のドアへと向かい始めたので、僕は一足先に教室を出て待ち伏せた。教室から出てきた結城はすぐに僕を見つけて反射的に微笑んだが、その輝きはあっという間に消えた。先日の別れ方からすると正しい反応だろう。

結城に近づいて言った。

「僕の名前は南方。もしよかったら時間をもらえるかな」

四人の連れは無表情で僕を見つめていた。結城は戸惑いを残しつつ言った。

「南方熊楠の南方?」

「その通り」

結城はかすかに口元を綻ばせると、連れに、あとで合流するから、と告げた。

学食に移動し、それぞれ缶コーヒーを買って僕の指定席である壁際のテーブルについた。

「一昨日はすまなかった」席に腰を下ろしてすぐに言った。「思わず警戒しちゃったんだ」

「謝ることはないよ。あれが当然の反応だと思うし」

結城は缶コーヒーを両手で弄んでいた。顔には薄い笑みが浮かんでいたが、緊張しているのかもしれない。いきなり本題に入るのは避けることにした。

「今更だけど、僕も君と同じ法学部法律学科の一年だ」

結城がほっとしたように笑みを深めた。

「実は君はうちの学生じゃなくて、なんらかの意図があってキャンパスに潜入してるのかもって疑ってたんだ。そのせいで僕に話しかけられて機嫌が悪かったんじゃないかって」

結城は僕の沈黙に戸惑いが含まれているのに気づいた。

「だって君たちは高校生の頃に一度ここで騒ぎを起こしてるだろ？　噂でそう聞いたよ。だからまた何かを企んでるのかもって」

どこから話が漏れたのか見当がつかなかったが、噂というものが案外あてになることはわかった。

「ちなみに噂の内容は？」僕は動揺を抑えながら訊いた。

「学園祭に乗り込んで実行委員会の本部を爆破したあと、学長を拉致したって」

「なんのためにそんなことをしたって？」

「大学の不正を糾すためにしたんだろ？」結城は少し混乱しているようだった。「今年度から入学金が下がったのは君たちのお陰ってことになってるけど違うのかい？　一年生のあいだではかなりの噂になってるよ。聞いたことない？」

噂があてになるって？　僕はため息をついた。何をどう話すべきか迷っていると、結城が恐る恐るといった感じで訊いた。

「才英館に乗り込んでいって全校生徒の前でインターハイのレスリングチャンピオンと決闘したのはほんとだよね？」

才英館高校。ずいぶん懐かしく聞こえる響きだ。そんなに遠い過去の話でもないのに。

「決闘したのは誰？」

「君だろ」

「決闘の理由は？」

「恐喝や暴行の常習犯だったレスリングチャンピオンを退治して新宿区の平和を守るため」

思わず笑ってしまいそうになったが必死に堪えた。代わりに長いため息をつきそうになったがそれもどうにか堪えた。結城は真剣だった。

「確かに僕と仲間たちがいくつかのトラブルに首を突っ込んだのは間違いないし、君が聞いた噂も断片的には合ってる。でも僕たちを正義のヒーローと見なすのは完全に間違ってる。僕たちがトラブルに関わったのは楽しかったからだ。正義が頭の片隅にあったのは否定しないけどそれは後づけの言い訳みたいなもので、僕たちを衝き動かしてたのはもっといかがわしいものだ」

結城の顔に失望の色が浮かぶのを待ったが変化はなかった。

「ブルース・ウェインみたいな人物が君たちのバックについてるって噂だったけど、それもでたらめ？」

今度は笑いを堪えなかった。そうなると、さしずめ新宿区はゴッサムシティで僕たちはサイドキックのロビンのようなものか。月夜の晩にバットウイングが都庁をかすめて飛んだらどんなにか素敵だろう。

「話としては面白いけど、まったくのでたらめだよ。当時の僕たちはなんの後ろ盾もないただの高校生だったし、今の僕はただの大学生で仲間もいない」

さすがに失望を露わにし、下手をすれば消沈して席を立つかと思ったが、結城の目の光は消えなかった。

「じゃ、なんの後ろ盾もなくてあれだけのことをやってのけたんだ。やっぱり君たちはすごい」

あれだけのことがどれだけのことを指しているのかきちんと問い質すべきだったが、多分僕が灰色の事実を語っても結城のポジティブな脳内ではカラフルな幻想に変換されてしまうだろう。それに昔話をするのは嫌だった。若い頃のやんちゃをひけらかすのはみっともないおっさんになってからでいい。だから僕は言った。

「相談があるんだろ。僕にどうにかできそうなことだったら力を貸すよ」

結城はすっと目を細めて安堵の表情を見せた。

「ありがとう」

「何があった？」

結城の眼差しにあっという間に暗いものが混じり、緊張のせいか口元が引き締まった。

「友達がいなくなったんだ」

「いなくなったのは？」

「北澤悠人。ここの学生で商学部商学科の一年。高校時代の同級生で親友だった。学部が違ったせいもあるけど、大学に入ってからはたまに連絡を取り合うだけになった」

「いついなくなった？」

「11月4日から突然連絡が取れなくなった。商学部の共通の友人もずっと姿を見てないって」

今日は11月12日。

「彼は一人暮らし？」

「実家に住んでる」

「実家には問い合わせた？」

「今週の月曜日に実家に行ってみた。夕方に訪ねたら不在で、夜の遅い時間にもう一度訪ねてもいなかった。連絡が欲しいっていうメッセージと電話番号を書いたメモをポストに入れておいたけど、まだ連絡はない」

「何人家族？」

「三人」

「仲良く家族旅行に行ってるのかもしれない」

結城は不満そうに唇の端を歪めた。

「もしくは大学生活が嫌になってどこかで引きこもってるのかも。遅れて来た五月病だよ」

「ありえないよ。悠人は大学生活を楽しんでた。少し楽しみ過ぎてたぐらいだ」声に明らかな嫌悪が含まれていた。

「他人の心の内なんて誰にもわからない」

「確かにそうだけど」

「親友だったって過去形の理由は彼が大学生活を楽しみ過ぎてたから？」

結城は沈黙することでイエスと答えていた。

「仲違いの原因は？」

「僕が距離を置いてただけで仲違いってほどのことでもないんだ。悠人とは知り合ってから一度も喧嘩をしたことがないし」

「何があった？　距離を置こうと思う出来事があったんだろ？」

結城はたっぷりとためらったあとに口を開いた。

「これは誰にも話さないで欲しいんだけど」

「わかった。約束する」

「ゴールデンウィークが明けてすぐの頃に悠人とキャンパスでばったり出くわしてそのままトイレに連れ込まれた」五秒ほどの沈黙。「で、いきなり大麻を渡されたんだ。上物だから試してみろって。いらないって突き返したら、まだ優等生をやってんのかよって小馬鹿にした笑いを向けられた。ショックだった。悠人のそんな顔を見たのは初めてだったんだ」

「大麻のことはショックじゃなかった？」

「もちろんショックだったけど、キャンパスに出回ってるのは知ってたし、試したことのある奴がまわりに結構いるから悠人がそんなに悪いことをしてるとは思えなかった」

教室と図書館と学生食堂の三点を一人で移動しているだけでは学内事情に疎くなるのも当然だったが、大麻が解禁ムードになってるとはまったく知らなかった。まぁ知ったところでどうというわけではないのだが。

「高校時代の悠人はほんとに真面目でおとなしいタイプだった。でも、大学に入って別人みたいになった」

「不真面目で活発になった？　それってほとんどの新入生がそうじゃないか」

「そういうことじゃないんだ。高校の三年間、悠人はいつも僕のそばにいた。だから僕にはわかるんだ。受験勉強から解放されてはしゃいでるとかじゃなくて、もっと根本的な何かが変わっちゃったんだ」五秒ほどの沈黙。「女の子のことに関しても良い噂は聞かなかった。サークル関係の子にやたらと手を出してたみたいだし、それに犯罪まがいのことをしてるって噂も聞いた。僕は信じてないけど」

「具体的には？」

今度の沈黙は少し長かった。結城の顔に浮かぶ葛藤は友情の証に見えた。

「薬を混ぜた酒を飲ませてレイプしてるって」

大麻が当たり前のように流通し、卑劣な犯罪は犯罪まがいと見なされる。大学の自治と無法は同義なのかもしれない。

「高校時代の悠人は女の子に対して全然積極的じゃなかった。僕もそうだった。男子高だったし、そもそも学校の授業についていくのに必死でそれどころじゃなかった」

北澤を知らない僕の耳には、いわゆる大学デビューを果たした男が過剰に節度を失っているだけに聞こえた。

「警察に厄介になってるのかもしれないね。だから行方が摑めないし、両親も公にしたくないから連絡をくれない」

「だとしたら噂が耳に入ると思うんだ。大学は思ったより狭い社会だからね。でもまったく聞こえてこない。念のためにここ最近の新聞もチェックしてみたし、インターネットで検索もしてみたけど当てはまるような記事は見当たらなかった」

「彼を捜そうと思ったきっかけは？　君は犯罪者になった親友が許せなくて関係を断つつもりだった。なのに今はどういうわけか必死に彼を捜してる。一〇日ほど前に何かがあった。そうだろ？」

結城は眉間にあからさまな険しさを点しながら僕をまっすぐに見つめていた。犯罪者という響きが重過ぎたのかもしれない。結城はいったん目を伏せて間を取り、再び強い眼差しを僕に向けた。

「実はいなくなった日の前の晩、悠人が突然訪ねてきたんだ。その日は文化の日で僕は一日中家にいた。泊めてくれって頼まれて正直迷ったけど、酔っ払ってふらふらだったし、ひどく落ち込んでるようにも見えたから仕方なくオーケーした。僕は実家に住んでるし、僕以外の家族は父の仕事の関係で海外にいるから泊めることに問題はなかった。悠人は玄関で靴を脱ぎ損ねて尻餅をついたあと、うわ言みたいに、俺はだめだもう終わりだ、って何度も繰り返した。もちろん事情を訊いたけど、答えてくれなかった。僕もあえて深追いはしなかった。へたってる悠人をどうにかリビングのソファまで連れてって水を取りにキッチンに行こうとしたら、悠人が突然君の話を始めたんだ。君たちの最後の襲撃を一緒に見に行った友達ってのは悠人なんだ。悠人は君が女子高の門に向かって必死に走っていく姿を見て救われた気がしたって言った。当時はそんなこと言ってなかったから少し意外だったけど、気持ちはよくわかった。僕もあの時君の姿を見て同じように感じたからね。悠人は君の話をしたあと、あの時に戻りたいな、って寂しそうに言って疲れ果てたみたいに寝ちゃったんだ」

犯罪者という言葉を使ったことを後悔したが、もう遅い。結城は僕の罪悪感からの沈黙を話の続きに対する催促だと思ったのか、表情を引き締めて続けた。

「次の日の朝、起きたら悠人はいなくなってて、それに」結城は時間を使って残りの言葉を絞り出した。「食器棚の引き出しに入れてあった生活費の二三万円もなくなってた」

罪悪感は一気に薄れ、代わりに結城に対する同情が胸を占めた。

「聞いてるだけだと必死に捜すには値しない奴に思えるけど」犯罪者という言葉を使わずに本音を口にした。

結城はためらいを挟んだあとに言った。

「大学生活は基本的には自由で毎日楽しいけど、何かが違ってる気もするんだ。かと言って不自由だらけだった中学や高校時代に戻りたいわけでもないけど、このまま楽しい時間だけが流れていった先に素晴らしいことが待ってるとは全然思えなくて、ここで楽をして悠人を見離しちゃったら本当にそうなっちゃう気がするんだ。うまくは言えないけど、わかってもらえるかな」

僕が黙っていると、結城は慌てて付け足した。

「もちろん悠人のことが心配なのが大前提としての話だよ」

結城の思いは充分に伝わった。でも。

「彼は携帯電話を持ってる？」

「うん、いなくなった日から心配で何度も携帯に電話したけど出てくれなかった。折り返しもなかったからどんどん心配になって共通の友達に連絡をしてみたり商学部の必修授業の教室を覗いてみたりしたけど、悠人の行方は摑めなかった。今週の月曜からは電話も繫がらなくなったし実家も反応がなくて途方に暮れてたら、僕の座るテーブルに向かって君が歩いてきたんだ。救世主が現れたと思ったよ」

「君の心配はよくわかるけど、僕にできることはほとんどなさそうだ。彼や彼の両親とこれから先も連絡がつかないようだったら、その時は警察の出番だ」

「様子を見てるだけじゃ駄目な気がするんだ。勘なんだけど、悠人はシリアスなトラブルに巻き込まれてるんだと思う。多分両親も巻き添えになってる。このまま悠長にほっておいたら最悪の事態になるかもしれないのに、こんな時にどうすればいいのか僕にはまったくわからないんだ。警察が僕の勘を根拠に動いてくれるとも思えないし」声に悲壮な響きが混じっていた。「あの夜、もっときちんと話を聞いてやれば良かったって後悔してる。悠人はきっと僕に助けを求めに来たんだと思う。でも僕は何もしなかった。見捨てたのとおんなじだ。もし悠人にひどいことが起こったら僕は一生後悔し続けることになる」

　すがるような眼差しが刺さり、痛かった。以前にも何度かこんな眼差しを向けられたことがある。その時はそばに頼りになる仲間がいて、迷う隙もなく一瞬でトラブルの渦中へと飛び込んでいった。でも、今の僕は一人だ。飛び込むのが怖いんじゃない。期待に応えられないのが怖いのだ。でも。でも。動け。

「わかったよ、僕なりの方法で彼の行方を探ってみる」

　結城は安堵してゆっくりと瞬きした。

「ほかに気になったことはない？」

「もし悠人がなんらかのトラブルに巻き込まれてるとするなら、サークルの先輩の志田がそれに関わってると思う」即答した結城の声にあからさまな嫌悪が滲んでいた。

「フルネームは？」

「志田篤。経済学部の三年でＥＳＳＣを取り仕切ってる奴だよ。有名だから君も知ってるだろ？」

　まったく知らなかったので短いレクチャーを受けた。永《E》正大学シ《S》ーズンス《S》ポーツク《C》ラブ。

学内で最大の所属人数を誇り、基本的にはスポーツイベントの開催を売りにする合コンサークルだが、最近では音楽フェスなどの派手な学外イベントも主催するようになり、営利の匂いが濃厚に漂う団体になってきているらしい。それを主導しているのが志田で、目覚ましい発想力と行動力から学内でカリスマ扱いを受けているそうだ。

「詐欺師みたいな奴だよ。悠人がなんであんな奴のことを慕ってるのか僕にはまったく理解できない。信者みたいにいつもあいつのそばにくっついて大学にもまともに通ってなかった」

憎しみと呼ぶのにふさわしい感情がぶつかってきた。親友を奪われた嫉妬もあるのだろうが、さらに心を波立たせる要素を志田は持っているのだろう。

「あいつのせいで悠人はトラブルに巻き込まれたんだ。間違いないと思う」

「志田には会いに行った？」

「あいつはほとんど大学に出てこないんだ。サークルの部室にも何度か行ってみたけどいなかった」

「自宅の住所は？」

「同じサークルの奴に聞いてみたけど誰も知らなかった」

とりあえず志田という起点は確保できたので早速動くことにした。部室の場所、北澤の実家の住所、それに結城の携帯電話の番号を聞いて話を打ち切ろうとすると、結城は携帯電話の中に収めてある写真を僕に見せた。学生服姿の結城と北澤が並んで写っていた。二人とも薄く微笑みながらまっすぐに僕を見つめていた。北澤はアイドル風の繊細で整った顔立ちをしていて、いかにももてそうなタイプだった。いくら男子高だといっても女っ気がなかったとはにわかに信じられなかった。

「電話番号を教えてもらえる?」

固定電話の番号を伝えたあと、携帯電話は持ってないんだ、と付け加えた。ついでにメールアドレスを聞かれたが、持ってないと嘘をついた。

「こんなことを聞くのは失礼なのかもしれないけど」席を立つ前に結城がおずおずと切り出した。「御礼はどうすればいいかな」

「一日三万円で経費は別。経費にはアルコールとバーテンダーへのチップが含まれることもある」

結城の瞳孔がかすかに開いた。わかってはいたが、とても素直で良い奴だ。

「冗談だよ。問題が解決したら缶コーヒーを奢ってくれ」

動揺が溶け、結城の顔に明かりが点いた。

学食を出て、五限の授業に出る結城と中庭で別れた。僕は西校舎に向かった。

5

西校舎に入り、階段を降りて地下一階に初めて足を踏み入れた。部室が両側に並ぶ薄暗い廊下を進み、突き当たりの手前左側にあるルーム12に向かっていると、目当ての部屋のドアが開いて三人の男が出てきた。その内の二人は生後三ヶ月のゴールデンレトリバーが収まるサイズの段ボールを胸の前に抱えていた。手ぶらの男はドアを閉めて鍵をかけると、先頭に立ってこちらへと歩き出した。僕はそばの壁に貼ってある音楽サークルのベーシスト募集のポスターを見る振りをして立ち止まった。手ぶらの男は早足でさっさと進んでいくが、荷役の二人は段ボールの重さに足を取られてよちよち歩きに近かった。中には栄養過多のセントバーナードの子犬がぎゅうぎゅうに詰まっているのかもしれない。手ぶらの男は僕のそばを通り過ぎたところで振り返り、おまえらまたどやされるぞ、とうんざりした声で怒鳴った。叱咤の甲斐もなく、荷役たちのペースはほとんど上がらなかった。その調子だ。

ＥＳＳトリオは西校舎を出て中庭を横切り、東門を通り抜けたあと、門のすぐ先にある国道の横断歩道を渡り始めた。トリオから五メートルほど離れていた僕はわざと歩調を緩めて横断歩道の手前で足を止めた。案の定荷役たちは信号が変わるまでに四車線分の距離を渡り切れず、向こう岸にたどり着くまでにクラクションの罵倒を一斉に浴びせられた。可哀想に。

青信号。少しだけ足を早めて横断歩道を渡り、歩道に乗って進み始めたちょうどその時、二五メートルほど先を行くトリオが一つ目の角を右に曲がった。焦ることなく進んで同じ角を曲がり、トリオのあとを追った。

東門から一〇分ほどの場所がゴールだった。FSビルという名の四階建て賃貸オフィスビルで、一方通行の狭い道沿いに建っていた。トリオがビルの中に消えるのを待って入口の前をゆっくり通り過ぎた。警備員の姿はなくオートロックでもなかった。回れ右して入口に戻り、壁に掲げてあるテナント案内板をチェックした。一つだけ空欄の階があった。両開きのエントランスドアを開けて中に入り、エレベーターではなく階段で三階に上がった。ランボーさん曰く、エレベーターは危険な檻。トリオの様子から見てトラップを仕かけてくる可能性はゼロに近かったが、念のためだ。

三階のフロアに入ると左右に二つの部屋があったが、トリオがどちらにいるのかはすぐにわかった。右の部屋から怒声が漏れ聞こえていた。手ぶらの男の予言通りになったらしい。『ＥＳＳＣ　Ｏｆｆｉｃｅ』というプレートが貼られたドアの前に立ち、しばらくのあいだ怒声に耳を傾けた。どうやら音楽フェス用に発注したフライヤーの刷り上がりが悪かったらしく、トリオが激しく責められていた。段ボールの中身は大量のフライヤーだったのだろう。クズ、カス、ボケ、役立たず、死ね。五分ほど我慢して低レベルの罵倒を聞き続けた。多分、今行われているのは怒声の主のマウンティングかストレス発散か単なる嫌がらせのどれか、もしくはそのすべてなのだろう。このまま放っておいたらまだまだ先が長そうな勢いだったので小休止を取ってもらうことにした。

ノックノック。一瞬で声が止んだ。ノックのこだまが聞こえるかと思って耳をすましたが聞こえなかった。やや乱暴にドアが開き、手ぶらの男が目の前に現れた。不機嫌の例として広辞苑に載っていそうな顔だった。

「なに？」

僕のことは憶えていないようだ。

「ＥＳＳＣに入部したいんですけど」

わざとゆっくり喋りながら手ぶらの男の肩越しに室内を窺った。窓際に置かれたオフィスデスクに両足を乗せてふんぞり返って座っている男の姿が見えた。紺のポロシャツに黒のジーンズ、白のスニーカー、それに縁無しの眼鏡。顔立ちは品性と教養の無い芥川龍之介のようだった。

「は？　何月だと思ってんだよ。とっくに入部は締め切ってるよ」

「入部期限があるって知らなかったんで」

縁無し眼鏡と目が合った。どう見てもカリスマ認定されるタイプではなかった。口うるさい大家のような話しぶりでドアが開く前から予想はついていたが、たぶん志田の使いっ走りの一人だろう。

「ていうか、なんでここを知ってんだよ」

「知り合いから聞きました。部室に行ったら誰もいなかったんで、こっちに来てみました」

縁無し眼鏡が頭を動かし、覗き込むようにして僕を見たので、手ぶらの男に視線を戻した。

「知り合いって誰だよ」

志田がいないのならもう用は無い。

「わかりました。ならいいです。失礼します」

「ちょっと待てよ」

踵を返そうとした瞬間、縁無し眼鏡から声がかかった。すでに両足を下ろして椅子から腰を上げていた縁無し眼鏡はすたすたとドアに近づき、手ぶらの男の肩を摑んで強引に押し退けると、僕の上半身に視線を注いだ。手ぶらの男がどいたので荷役たちの姿が視界に入ってきた。二人とも床に正座してうなだれていた。ほんとに可哀想に。

「一年か？」

縁無し眼鏡は値踏みをするように僕を見ていた。気に入らない目つきだったが、とりあえず乗っかることにした。

「はい」

「身長は？」

「一メートル七六です」

「いい体してるな。なんかスポーツやってる？」

体力系の人材を求めているのかもしれない。荷役はすでにいる。だとするなら。

「ボクシングをやってます」

「なんちゃって？」

「高校時代はインターハイを目指してました。でも網膜剝離をやっちゃって。今は趣味で続けてます」

縁無し眼鏡はじっと僕の目を見つめた。買うかどうか迷ってるのだろう。買え。縁無し眼鏡は手ぶらの男に視線を移した。

「おまえら帰っていいぞ」

手ぶらの男が吐いていない安堵の息が僕の耳には確かに聞こえた。荷役たちは足の痺れを堪えながら立ち上がり、一刻も早く部屋から出ていこうと壁に手をついて必死に歩き始めた。縁無し眼鏡が氷点下の視線を荷役たちに向け、言葉を投げつけた。

「そんなもんここに置いていくなよ。持って帰れ」

もし荷役たちが縁無し眼鏡を襲っても事情聴取では正当防衛だったと証言するつもりだったが、残念ながら何事も起こらなかった。

段ボールを抱えた荷役たちが足枷のはまった奴隷のような足取りで部屋を出ていくと、縁無し眼鏡は僕を部屋へと招き入れた。部屋は三〇畳ほどの広さで、長机、折り畳みのパイプ椅子、二人用の更衣ロッカー、書庫、キャビネットなどが置いてあったが、オフィスと呼ぶための間に合わせの装備に見えた。縁無し眼鏡はデスクに戻るとアーロンチェアにどっかと腰を下ろした。貧相な体が座面に跳ね返され軽く弾んだ。エルゴノミクスとやらの為せる業だろう。時代がかった木製の両袖デスクといい、ここは多分縁無し眼鏡の権力を誇示するための場所だ。ＥＳＳＣは確かに金回りが良さそうだった。安くない家賃をドブに捨てている。

ドアのそばに立つ僕に縁無し眼鏡が手招きした。指示の通りデスクの前まで行って向かい合った。

「名前は?」

「山下です」

「学部は?」

「商学部です」

「出身は?」

「東京です」

「東京のどこ?」

「世田谷です」

「高校は?」

「才英館です」

「才英館か。うちに何人かいるよ。偏差値が高い割には使えない奴ばっかりだよな」

出身地か学歴、もしくは両方のコンプレックスの持ち主。

「現役か?」

「一浪です」

縁無し眼鏡の口元に薄い笑みが見えた。二浪と言ったら満面の笑みが見られたかもしれない。機嫌の良いうちに少しだけ攻め込むことにした。

「お名前を伺ってもいいですか？」

縁無し眼鏡はさっと笑みを消し、かすかに眉根を寄せた。よっぽど主導権を握られるのが嫌いらしい。

「沼口。文学部の三年だ」

「部長さんですか？」

再び笑みが点る。

「違うよ、副部長。まぁよく勘違いされんだけどな」

おべんちゃらを連射していれば口が軽くなって情報が取れそうだったが、沼口が欲しいのはきっとタフな人材だ。タフガイが喋り過ぎてはいけない。

沼口が見透かしたような上目遣いで僕を見た。

「おまえもどうせ志田さん目当てなんだろ？」

誰ですかそれ、という表情を作った。

「じゃなんでこんな時期に入部したいんだよ」

「これまでなんとなく大学の雰囲気に馴染めなくてぼんやり過ごしてたんですけど、このままじゃもったいないって思うようになったんです。だからまずはサークルに入ってみようと思って。ここを選んだのは一番有名だからです」

沼口はふいに宙に視線を移して遠くを見つめ、陳腐な叙情詩をつぶやいた。俺も入学したての頃はそうだったよ、ど田舎から出てきて東京に馴染めなくて寮に引きこもってたのに、今じゃ六〇〇人が所属するサークルの副部長やってるよ。

それから一五分ほどのあいだ、どうにか関心を装いながらまだ何者でもない男のチープな立身出世物語に耳を傾けた。言うまでもなくタフガイは我慢強いのだ。

「まぁなんだかんだ言っても俺が変われたのは志田さんと出会ったからだ。うちの部長だよ」

第二章が始まった。志田に関して少しは有益な情報が聞けるかと期待したが、沼口の口から出てくるのは天才、カリスマ、預言者、陰の努力家、人情家といった胡散臭い張りぼての言葉ばかりだった。志田さんはな、間違いなくこれからのこの国を引っ張っていく人なんだよ。

新興宗教に勧誘されている気分を一時間近くたっぷりと味わわされた。沼口の背後にある窓ガラスも紅茶色に染まっていた。コーヒーに変わったら先約をでっち上げて逃げることにしよう。タフガイにも我慢の限界はあるのだ。

「おまえ、合格だよ」

気を抜いていたわけではないが反応が遅れ、束の間沈黙で応えてしまった。

「どういうことですか?」

沼口の目つきが心なしか鋭くなっていた。

「嫌な顔もしないでよく聞いてたな。いい集中力してるよ。才英館の割には使えそうだな」

どうやら長々と吐いていた戯言はテストだったようだ。正解を出してしまった自分が恨めしい。

「志田さんのお付きを探してたところだったんだ。おまえやってみるか？」

「お付きって何をすればいいんですか？」

「基本的にはボディガードだ」

「警護をつけなきゃならない事情でもあるんですか？」

「念のためだよ。あの人は今めちゃくちゃ目立ってるからな。わけのわかんない虫がいっぱいたかってくるんだよ」

迷っている振りをした。

「おまえ、なんのために大学に入ったんだよ。サークルに入って女といちゃつくためか？変わるきっかけを摑むためだろうが。だったら今目の前にそのきっかけがあるんだよ。本能を働かせてがむしゃらに摑み取れよ。このままじゃほんとにもったいない大学生活を送ることになるぞ。だいたい四六時中志田さんのそばに付いていられるなんて滅多にないことなんだぞ。うらやましいぐらいだよ。男なら即断即決しろよ」

新興宗教からマルチ商法への勧誘に変わったようだ。なんにせよ親ねずみに会えるチャンスを逃すつもりはなかった。

「わかりました」

そうだろ俺の説得にノーが言えるわけがねぇんだよ、という笑みを沼口は浮かべると、ジーンズのポケットから携帯電話を取り出して誰かに電話をかけた。もしもし、ボディガードの件ですがいいのが見つかりました、はい、はい。自然と群れのボスを見上げる子犬の眼差しになっていたので、たぶん話相手は志田だろう。唐突に沼口が携帯電話を耳から離した。

「おまえ、今晩空いてるか」

「空いてます」

沼口は携帯電話を耳に戻すと、大丈夫です、はい、わかりました、とだけ言って電話を切った。

「志田さんに会いに行くぞ。最終面接だ」

ふいに不安の冷たい手が肩に触れた。話がうまく運び過ぎている。表情に出したつもりはなかったが、沼口はすぐに反応した。

「安心しろ。おまえなら大丈夫だよ。俺は勘がいいんだ」

目ざといのは認めるが、勘が良いとは思えなかった。それは僕を選んだことでわかる。そんな人間が保証する安心と大丈夫をどう受け取ればいいのだろう。でも、今の僕に選択肢は一つしかなかった。

「気に入ってもらえるようにがんばります」

沼口は薄く微笑みながら満足そうに大きく頷いた。

結局、不安は的中することになった。

6

　午後七時四〇分にオフィスを出てタクシーに乗り、虎ノ門方面に向かった。一メーターの距離を移動するあいだにも、沼口は志田の話を熱っぽく語り続けた。すでに二時間近く聞かされていてうんざりしていたが、志田にたどり着くまでは我慢をするしかなかった。二〇一〇年までには国民全員が志田さんの存在を知ることになるだろう。一メーターで語られた分の要約だ。タイムリミットはあと五年余り。一番手っ取り早いのは重罪犯罪者としてニュースに出ることだろう。

　神谷町駅に近い一方通行の道の出口でタクシーを降りた。入口に向かって歩き、背の低いマンションの前をいくつか通り過ぎた。人通りがなく、やけにひっそりとしていた。道の中ほどに建つ一番背の高いマンションの前で沼口が足を止めた。広いエントランスには常緑樹の植え込みに挟まれたアプローチが敷かれていた。沼口はアプローチに足を踏み入れようとはせず、道に立ったまま主人を待つ忠犬のように一方通行の入口をまっすぐに見つめていた。かなり躾が行き届いているようだ。僕は沼口の隣に立ち、同じく入口のほうを見ていたが、ふいに背後からの視線を感じて振り返った。斜め向かいのマンションの角で人影が動いたような気がした。沼口の言うわけのわかんない虫かもしれず、念のためにチェックをしに行こうかどうか迷っていると、ヘッドライトの光が道を一気に貫いた。僕は名残を覚えつつ視線を前に戻した。タクシーがゆっくりと進んで僕たちのそばで停まり、後席のドアが開いた。まずはノースリーブの丈の短いデニム地ワンピースを着て、茶色いウエスタンブーツを履いた短い髪の若い女が伏し目がちに降りてきた。おにぎりかハートかのどちらかを模した三角形のハンドバッグを手にしていた。目鼻立ちがくっきりとしていてスタイルも良く、一見して素人には見えなかった。若い女は僕と沼口に一瞥さえくれずにアプローチまで進み、背中を向けたまま足を止めた。はっきり顔を見られるのを意識的に避けているようだ。僕が知らないだけで、もしかすると名の売れたモデルかタレントなのかもしれない。

「お疲れ様です」

沼口がそう言って一礼したのと、携帯電話だけを手にした志田が地面に降り立ったのはほぼ同時だった。黒のボトルネックセーターと青のジーンズ、それに白のスニーカーという恰好の志田は沼口を無視してつかつかと僕に歩み寄り、すぐ目の前に立った。僕よりも一五センチほど背が低く、体も小さかった。僕をじっと見つめるつぶらな目にはひどく穏やかな色が浮かんでいた。どこか懐かしさを感じさせる眼差しだった。若くして死んだ僕の親友の目に似ていた。

タクシーが一方通行の出口へと動き出すと、志田が唇の端に薄い笑みを点して言った。

「おまえが幕引き役か」

意味がわからず黙って見つめ返していると、志田が続けた。

「なんか魂胆があるんだろ？」

あえて返事をしなかった。志田がただの親ねずみじゃないことはすぐにわかった。だとするならその場しのぎの嘘に意味はない。あとはタイミングを計ってやるべきことをやるだけだ。

「おまえみたいに積み重ねてる奴がうちに入るわけないもんな」

積み重ねてる？　さすがに意味を問い質したい衝動に駆られたがぐっと我慢をした。今はこいつのペースに引きずり込まれないほうがいい、と思った途端、ふいに志田の顔が近づいた気がした。外灯の乏しい光量のせいで遠近感が狂ったわけではなく、志田の眼差しに独特の引力が備わっているのだろう。カリスマと呼ばれるだけのことはありそうだ。こういうめんどくさい奴に対処する方法はこれに限る。単刀直入。

「あんたに聞きたいことがあるんだ」

戸惑う沼口の姿が視界の隅にちらつく。志田は笑みを深めた。視線を僕の目からまったく逸らさない。

「わかったよ。乱暴な目に遭うのは好きじゃないからな。部屋に上がって平和に話そうぜ」

僕が取るべき最後の手段もお見通しらしい。話が早くて助かるが、肝心のやり取りは骨が折れるはずだった。こんなに頭の切れる奴が簡単に腹の中を見せるわけがない。志田は振り返って沼口を見た。

「おまえあとで説教だからな。こんな厄介なの連れてきやがって」

沼口の顔が一気に曇った。あとで土砂降りになるのは間違いなかった。志田は僕に向き直ることなくそのままアプローチに進んだ。僕があとに続くと、沼口も慌てて僕の隣について歩いた。

カシャン、カシャン。

その音が背後で鳴ったのは志田が若い女と合流した瞬間だった。志田たちにはただの雑音に聞こえたかもしれないが、僕は違った。ランボーさんの武器術の稽古で二度それを避け損ねて文字通り痛い目に遭った。一度は軽い脳震盪を起こし、もう一度は二の腕の打撲の痕が二週間も消えなかった。だから僕の臆病な反射神経は大声でこう命令した。今すぐ振り返って防御しろ！

反応があと一秒遅れていたらそれが側頭部か頸動脈に叩き込まれ、間違いなくその場に昏倒していたはずだ。大袈裟じゃない。その証拠に振り返りも防御もしなかった沼口はこめかみのあたりにそれを叩き込まれて一瞬で意識を失い、ばさばさと音を立てながら常緑樹に倒れ込んだ。僕が助かったのは振り返っている最中にビュンという風切り音を聞き取り、咄嗟に屈んだからだ。〇・五秒前まで頭があった場所をそれが高速で通り過ぎると、空振りをした襲撃者は体勢を崩してよろけた。武器を使って一片のためらいもない攻撃を仕かけられるのは狂人かよほどの覚悟を持った人間だ。襲撃者がどちらなのかはわからなかったが、常識から逸脱した奴に間違いはなかった。背筋に電流のようなものが駆け抜け、全身が小さく震えた。やばい。楽しい。

左肩に担いでいたデイパックを植え込みに放ったあと、体の向きを調整し、僕を襲った奴と一メートルほどの距離をおいて対峙した。沼口を襲った奴は仲間の斜め後ろに立っていた。二人とも僕より一〇センチほど背が低く、アディダスの黒のフード付きジャージの上下を着て黒のスニーカーを履き、黒のローキャップを目深にかぶっていた。そのせいで顔はよく見えない。そして、二人の右手には長さ五〇センチの振り出し式の黒い特殊警棒が握られていたが、僕の視線は凶々しい武器にではなく二人の胸元に吸い寄せられていた。

「なんだ、女かよ」

志田の楽しそうな声が僕のすぐ後ろから聞こえてきた。志田にとっては建物の中に逃げ込むチャンスのはずだったが、好奇心が勝ってそれどころではないのだろう。

志田の言葉を嘲りと受け取ったのか、沼口を襲った女が殺気のこもった足を半歩だけ前に動かした。炎の宿る目がローキャップのつばの下からかすかに閃いた。できるなら穏便に済ませたかったが、今にも獲物に襲いかかろうとしている獣を止めるには一つの方法しかなかった。

「おい」

襲撃者たちの視線をこちらに集めた瞬間に間髪容れず一歩を踏み出すと、僕を襲った女が特殊警棒をセリーナ・ウィリアムズのフォアハンドばりに振り抜いた。良い反応だったが僕のスウェーバックのほうが速かった。顔の前を猛スピードの特殊警棒が通過してすぐ、上半身を前に戻す反動を利用して一気に飛び出し、僕を襲った女の肩口に思い切り体当たりをかました。僕を襲った女は一気にバランスを崩し、足をもつれさせながら沼口を襲った女にぶつかったあと、地面に倒れ込んだ。沼口を襲った女は衝撃でよろけ、転びかけたがどうにか持ち堪えた。僕は隙をついて素早いステップで沼口を襲った女の背後にまわり込んで左腕を女の首に絡ませて右腕でロックし、裸絞めを極めた。女の取るべき最善の一手は特殊警棒を離し、両手を空けて防御に取りかかることだったが、一度手にしたものを簡単に捨て去ることができないのは人間の性だ。女は恐慌を来たして特殊警棒を持ったまま激しく暴れた。ローキャップが脱げ、地面に落ちた。女の短い髪の毛先が頬をこするたびに顔を出す罪悪感をどうにか抑え込み、腕の力を緩めなかった。五秒ほど経つと女の体から力が抜け始めたので、急いで腕を解いた。女は瞬時に地面に崩れ落ちたが意識はあり、ひどく荒い呼吸をしていた。頸動脈を絞められて失神するのは脳に良くないので、うまくいった。苦しさと恐怖で今すぐ闘いに復帰する気は起きないだろう。さて、もう一人。

僕を襲った女は地面に尻をつけたまま、呆然とした感じで僕を見上げていた。外灯がピンスポットのように当たり、顔がよく見えた。綺麗な切れ長の目をしている。

「俺はこいつらの仲間じゃない」これ以上暴力を振るいたくなかったので、念のために言った。「どっちかって言えばおまえたちの側の人間のはずだ。俺の用事が済んだらあいつを引き渡してやるから、しばらくおとなしくしててくれないか」

背後から志田の笑い声が聞こえた。僕を襲った女の口がきつく閉じられ、強固な意思が現れた。そう、それが正解だ。常識から逸脱した人間が簡単に諦めてはいけない。女がゆっくりと立ち上がり、特殊警棒を腰の高さで構えた。志田が楽しげに言った。

「おまえらいかれてるな」

おまえもだろ。

突然、特殊警棒の先端がまっすぐ目に向かってきた。攻撃に変化を加えるのは悪くないが、容易に読める一手だった。左手を斜め下から上へと動かして警棒を払いながら前に進み、女の懐に入り込むのと同時に右の手のひらを喉仏に叩きつけた。肘を顔面に叩き込むと手っ取り早く戦意を喪失させられるが、女の顔は傷つけたくなかった。一瞬であれ気道を塞がれた女は悲鳴に近い声を上げながら必死に息を吸い込んだ。どんなに苦しいか僕にはよくわかる。ウィルの奴に何度同じ目に遭ったことか。続けて、苦しむ女のローキャップのつばをつまんで下ろして視界を奪ったあと、素早く背後にまわり込んでフードの端を掴み、地面に向かって一気に真下へと引きずり下ろした。女はフードに引っ張られてなすすべなく地面にほぼ垂直に沈んでいき、思い切り尻餅をついた。尾骶骨が地面にぶつかるガツンという音が大きく響いた。女が痛みを堪えて呻き声を上げながら地面に寝転がると、ローキャップが脱げて顔全体が露わになった。髪型はベリーショートで前髪はおでこの三分の一ほどしか隠していなかった。ファッションなのか、それとも闘いに特化させて前髪が目に入らないようにしているのか。多分後者に違いない。おとなしくなった二人の女の顔を改めて確認すると、思っていたより若いことがわかった。僕と同い年ぐらいか、もしくは年下かもしれない。

「今のおまえたちじゃ俺には勝てない。これ以上無意味なことはやめろ」

二人の女が僕を見つめた。まだ目に炎は点っている。

「約束する。俺の用件が済んだらあいつを引き渡す。そのあとはどうにでもすればいい」

沼口を襲った女が答えを求めるように僕を襲った女を見た。僕を襲った女は僕から視線を逸らさないままゆっくりと上半身を起こした。

「オーケーだったら帽子をかぶってくれ」

僕を襲った女は短い逡巡のあとに沼口を襲った女を見た。そして、ローキャップを拾ってかぶった。沼口を襲った女もそれに従った。

「ありがとう」

植え込みに倒れている沼口に近づいてアプローチに引っ張り出したあと、左の手のひらを沼口の鼻に近づけた。呼吸をしている。

「死んでるか?」

相変わらず楽しげな声だった。声がしたほうを見た。純粋な好奇心に駆られて目を光らせている志田と、その隣でうんざりした表情を浮かべている若い女。

「残念だったな、気絶してるだけだ。あんたの部屋に運ぶから手伝ってくれ」

「マジかよ」

「マジだよ」

志田は顔を歪めながら舌打ちをしたあと、若い女に向かって言った。

渡した。

「今日は帰れ」

若い女はふて腐れることもなくすぐに応えた。

「タクシー代」

志田は渋る様子もなくジーンズのヒップポケットから長財布を抜いてそのまま若い女に手渡した。

「次はやっちゃってね、あいつのこと」

若い女は特殊警棒を畳んでいる襲撃者たちのそばを通り過ぎながらそう言い残して姿を消した。僕と志田は沼口を抱き起こし、両脇を支えて引きずるようにしてマンションの中に入った。襲撃者たちは僕たちのあとをついてきた。

「何号室?」

僕と志田と沼口がエレベーターに乗り込むと、僕を襲った女が訊いた。僕は『開く』のボタンを押しながら志田を見て答えを促した。

「901」

襲撃者たちはエレベーターの前を離れ、視界から消えた。

「どうしたんだ、あいつら」

「階段で上がるんだろ」『開く』ボタンから指を離し、『9』を押した。「狭いところで空気のやり取りをしたくないんだよ。相当嫌われてんだよ、あんた」

「レズなんだよ、たぶん」志田はにやけた笑みを浮かべた。

襲撃者たちの動機の一端が垣間見えた気がした。

エレベーターのドアが閉まった。


成金趣味の派手な部屋を想像したが、違った。僕の部屋全体がすっぽり収まるほどの広さのリビングで目につくのは四人掛けのコーナーソファとローテーブル、小さなテレビ、小さなステレオコンポぐらいで、そのどれもに個性がなくおとなしかった。ただし、ローテーブルにぽつんと載っている使い古された小さなラップトップだけはやけに存在感を放っていた。

「もっとバブリーな部屋を想像したろ」

沼口をソファに寝かせたあと、志田はオットマンに腰かけ、薄い笑みを浮かべながら言った。僕は答えず、ソファから少しだけ離れた場所にさりげなく移動した。この男にはできるだけ隙を見せないほうがいい。

乱暴にドアを開ける音が響いてすぐに襲撃者たちがリビングに現れ、僕と志田からそれぞれ離れた位置に立った。右手に短くなった特殊警棒を握っている。手に力がこもっているのがわかる。屈辱と怒りで爆発寸前なんだろう。余計なことは言わないでくれよ、と思った〇・五秒後、志田がにやけた笑みを襲撃者たちに向けた。

「おまえら行儀がなってないな。人ん家に土足で上がっちゃだめってパパとママに教わらなかったのか」

襲撃者たちの足元を見た。確かにスニーカーを履いたままだった。

「ところで俺の部下を次々襲ってるのはおまえらか？」

襲撃者たちの口は固く引き締まったままだった。

「そんなんじゃいいお嫁さんになれないぞ。ぱっと見ブスじゃないんだし、俺の調教で素直で素敵なメスに変身させてやろうか？」

襲撃者たちが足を踏み出す寸前に、声に力を込めて言った。

「さっき言ったろ。俺の用件が済んだらどうにでもしていい。今はおとなしくしといてくれ」

僕と襲撃者たちの視線がぶつかった。まともに見ると角膜が焦げつきそうな視線だったが、目を逸らさなかった。五秒ほどすると、襲撃者たちの肩からふっと力が抜けたので、ちかちかする目を志田に向けた。志田はいつの間にかラップトップを両手で持ち、盾のように胸の前に掲げておどけた表情を作っていた。ラップトップの蓋には右手に大腿骨を持つ猿人のシルエット柄のステッカーが貼ってあった。

「おーこわ。殺されるかと思ったよ」

「安心するな」と僕は言った。「まだその可能性は残ってるぞ」

志田はかすかに顔を歪めると、ラップトップをローテーブルに戻して言った。

「で、用件は？」

「人を捜してる。北澤悠人。おまえが可愛がってる後輩だ」

志田は眉間に薄く皺を寄せ、見えすいた思案顔を作った。

「誰だそれ。そもそも可愛がってる後輩なんていないぞ」

まったく。いちいちめんどくさい。

「この子たちに先に用件を済ませてもらうか？」

志田は唇の片端をすっと吊り上げてにやつきながら、両手を掲げて降参のポーズを取った。

「実は俺も気になってたんだ」志田は両手を下ろして、続けた。「ここのところ姿を見なかったからな。やっぱりいなくなってたのか」

「心当たりは？」

「なんの？」

「可愛い後輩がいなくなった理由だよ」

かすかな怒気が志田の眼差しに点った。

「もし俺に可愛い後輩がいて、いなくなった理由に心当たりがあるとしたら、おまえの出番なんかなかったはずだ」

志田はそう言うと、すぐに怒りを散らし、代わりに薄い笑みを浮かべた。

「まぁ、おまえに出番のあったお陰でこのお嬢ちゃんたちにボコボコにされずに済んだわけだからついてるよな。いなくなった北澤に感謝しないとな」

僕が黙ったままでいると、どうしたもう終わりか、と志田が楽しげに訊いた。たとえこいつが何かを知っていたとしても、そう簡単に口を割ることはないだろう。暴力を振るおうが宥めすかそうが、結果は同じだ。僕にはそれがわかる。僕は高校の三年間、一筋縄じゃいかない連中とつき合ってきたのだ。志田からはかつて僕が仲間と呼んでいた連中と同じ匂いがした。まったく。ほんとにめんどくさい。僕は沼口に視線を向けて、言った。

「そいつに聞くよ。そろそろ起きてくるはずだからな。そいつはおまえと違って素直にぺらぺらと喋ってくれるだろ」

志田は沼口を見ることもなく、僕に視線を据えたまま、相変わらず楽しげに言った。

「じゃ、みんなで仲良く待つことにするか」

三分ほどが経っても沼口はぴくりとも動かず、志田にもまったく動揺は見られなかった。揺さぶりの失敗も濃厚になり、次の一手に悩み始めた僕の心を見透かすような声が上がった。

「なんなのこれ。時間の無駄でしょ」

僕を襲った女はそう言うと、右手を素早く回転させ、特殊警棒を振り出した。

カシャン、ガシャン。

玄関のドアを乱暴に開ける音がユニゾンを奏でた。音のしたほうへ視線を向ける直前、志田の口元に薄く浮かんだ笑みを見つけ、自分の失敗を思い知った。そして、それは金属バットを持つ一メートル八〇センチ超えの筋肉質の若い男たちが三人という形で表れた。僕と襲撃者たちが争ってる隙に携帯電話を使ってメールで連絡を入れたか、連れの女に代わりに召集をかけさせたんだろう。

全員が日焼け顔で短髪、それにTシャツにジーンズという恰好の若い男たちはリビングに入ってくると、礼儀正しく志田に向かって軽く頭を下げた。普段から志田が飼ってる学内の用心棒たちに違いない。体つきから見て、たぶん体育会のアメフト部かラグビー部の所属。

カシャン。

沼口を襲った女が特殊警棒を振り出すと、用心棒たちの視線が一斉にこっちに向いた。用心棒たちから二メートルほど離れた場所に立つ襲撃者たちはすでに軽く背中を丸めて特殊警棒を胸の前で掲げ、戦闘態勢に入っていた。顔に恐れや怯えは浮かんでいない。体が硬くなってもいない。たいしたものだ。

一番背の高い用心棒が志田を見た。早く鎖を解いてもらいたいんだろう。志田は首を小さく横に振り「待て」を指示すると、僕を見た。口元の笑みは消えていない。

「大事にしたいのか」と僕は言った。

「今更何言ってんだよ。俺のことボコボコにするつもりだったんだろ」

「俺たちはおとなしく部屋から出てく。おまえはボコボコにはされない。それでどうだ？」

「おまえが勝手に決めるな」僕を襲った女が用心棒たちを見据えたまま、言った。

「お嬢ちゃんたちはやる気満々みたいだぞ」楽しげな志田の声が耳に障る。

「この部屋で死人が出るようなことがあったら困るんじゃないのか」

志田の顔に小さな雲がかかった。

「金属バットを持ったゴリラが相手じゃ、こっちも手加減できないぞ。俺の実力はさっき見ただろ」

雲が大きくなり、志田の顔に浮かんでいた笑みを覆った。その場しのぎのはったりと切り捨てるだけの根拠を持てないのだろう。一番背の高い用心棒が焦れて、言った。やっちゃいましょうよ、いつもみたいに揉み消しゃいいじゃないっすか。

雲が一気に分厚くなり、室内の温度が二、三度下がった気がした。志田は氷点下の眼差しで一番背の高い用心棒に一瞥をくれたあと、僕に視線を戻してふっと微笑んだ。

「ゴリラのいい躾け方を知ってたら教えてくれよ」

ふいに革の擦れる音が鳴り、部屋中の視線がソファに集まった。短い冬眠から起き出した沼口が体をもそもそと動かしていた。沼口は横になったまま頭を持ち上げ、周囲の像を結ぼうと目を細めたがうまくいかないようだった。植え込みに眼鏡を忘れてきたことに気づき、少しだけ申し訳ない気持ちになったが、ほったらかしにしなかっただけでも感謝して欲しかった。

「いいからまだ寝てろ」

沼口は突然降ってきた志田の声に驚き、反射的に、すいません、と言いながら一気に上半身を持ち上げ、声のしたほうへと細めた目を向けた。そして、エンジンを暖めないで急加速をするとどうなるのか、僕たちの前で実証してみせた。志田は前屈みになって胃の中のものを勢いよく吐き出している沼口を見ながら、力なく首を横に振った。いい頃合いだ。

「どうする」と僕は訊いた。「まだ続けるか」

「今日はもういいや」志田はめんどくさそうに言った。「どうせおまえたちは諦めないんだろ。また近いうちに会おうぜ」

襲撃者たちも沼口の醜態に気勢をそがれて肩から力が抜けていて、僕の目線の合図を撥ねつけてはこなかった。

僕は襲撃者たちがリビングを出ていくまで居残って急襲に備えたが、用心棒たちはおとなしいものだった。ただ、僕を見る連中の眼差しに憎悪に近い色がこもっていて、大学で鉢合わせした時のことを想像すると億劫なものがあった。

「おまえ、ほんとにうちの学生か？」

リビングを出ていこうとする僕の背中に、志田の声がぶつかってきた。僕は足を止めて振り返り、答えた。

「次に会った時に教えるよ」

7

微妙に気まずい無言の二〇秒をエレベーターの中で味わったあと、襲撃者たちと建物の外に出た。植え込みの中からデイパックを回収し、沼口の眼鏡のありかが気になりつつ敷地から出て一旦立ち止まった。

「帰りは電車?」

僕の問いに襲撃者たちは沈黙で答えた。

「安心してくれ。あのゴリラたちが襲えないところまで送ったら、さっさと君たちの前から姿を消すよ」

「これ以上男らしさを押しつけたいわけ?」沼口を襲った女が皮肉まじりの声で言った。

「違う。男とか女とかそんなもんは関係ない。ポリシーの問題だ」

襲撃者たちは数秒の沈黙のあとに顔を見合わせると、くるっと後ろを向いて新橋方面へと歩き出した。僕があとをついて歩き出してもブーイングは起きなかった。三メートルほどの距離を空けていたので、時々襲撃者たちが交わす低い声の会話の内容は聞き取れなかった。物騒な作戦会議じゃなければいいが。

一〇分ほど歩いて虎ノ門と新橋の境目にたどり着くと、襲撃者たちは新橋方面に足を向けた。新橋駅に通じる大通りの歩道を闊歩する黒ずくめの彼女たちは、時折すれ違うスーツ姿の男たちの視線を否応なく集めた。それにしても、混乱の中から抜け出して街を普通に歩く彼女たちはひどく華奢に見えた。ゴリラたちを前にしても一歩どころか半歩も引く気配がなかった彼女たちの覚悟がどこから生まれたのか、正直想像がつかなかった。

大通りを半分ほど行ったところで左に折れ、両側に背の低いオフィスビルが建ち並ぶ道を進むと、テニスコートぐらいの広さの公園に突き当たった。彼女たちはそのまま公園に入っていき、公衆トイレのそばのベンチの前で立ち止まった。周囲に人影はなかった。僕は彼女たちの手が届かない場所に立ち、相対した。

「あたしたち、なんであんたに勝てなかったの」僕を襲った女が訊いた。「教えて」

ランボーさん曰く、敗けを素直に認めることが本物の強さを手に入れる第一歩。

「二度と俺に襲ってこないなら教えるよ」

相変わらずローキャップを目深にかぶっているせいで彼女たちの表情をはっきりとは読み取れなかったが、唇の端にかすかに宿った殺気は見えた。まるでランブルフィッシュだ。

「冗談だよ。気が向いたらいつでも襲ってきてくれ」殺気が消え去るのを待って、続けた。「これまでイージーな相手としかやってこなかったんだろ。それも不意打ち専門。だから使える相手に反撃された時にどうしていいかわからなかった」

彼女たちから怒りは伝わってこなかった。図星だったのかもしれない。

「あのままゴリラたちと闘ってたらどうなってたと思う？」沼口を襲った女が訊いた。

「壁に押し込まれたあと、体重で潰されてゲームオーバー」

「あたしたちはあいつらより闘い方を知ってる」僕を襲った女が不満げに言った。

「これまで金属バットを持った相手と闘ったことはあるか？　そういう設定でトレーニングしたことは？　そもそも闘い方を知ってる人間は襲撃の時に掴まれやすいフード付きの服なんて着ない」僕を襲った女に視線を合わせて続けた。「さっきフードを使って首を絞めることだってできた。要するに、今の君たちはただの通り魔と変わらないってこと」

沈黙が流れ、大通りで鳴ったクラクションがやけに大きく聞こえた。若いカップルが怪訝そうな眼差しを向けながら僕たちのそばを通り過ぎると、僕を襲った女がふいに動き出してベンチに腰を下ろした。沼口を襲った女もそれに倣った。僕は動かなかった。

「つまり、あたしたちはあんたに助けてもらったってわけね」僕を襲った女が言った。

「助けたつもりはない。面倒を避けたかっただけだ。アドレナリンの出まくった連中が硬い棒っきれを振りまわし合えば、ちょっとした偶然でマジで死人が出たかもしれない。殺し合いは俺のいないところでやってくれ」

反論や文句はないようだった。僕の番だ。

「さっき志田が言ってたことは本当か。君たちが奴の手下を次々襲ってるって」

彼女たちはしっかりと閉じた口を一ナノミクロンほども動かそうとせず、ただ僕をじっと見つめていた。まったく。どいつもこいつもめんどくさい。

「事実を聞いてどうこうしようってんじゃない。君たちのことを詮索するつもりもない。俺が今関わってる件にリンクしてるかどうかだけ確認したいんだ」

沈黙。返事を半ば諦めかけた時、僕を襲った女が口を開いた。

「あんたを見たことある気がする」

「は？」

沼口を襲った女も、は？　という顔で仲間を見た。

「いつだったかは思い出せないけど、どこかであんたと会ってる」

「もしかして話を逸らそうとしてる？」

「違う」僕を襲った女の声にほんの少し苛立ちが混じった。「闘ってた時からなんとなく気になってたんだけど、今あんたの顔を改めて見てたら間違いないって思った」

「こんなところで生き別れた妹と再会できるなんて思ってもみなかった」

「ふざけんな」

「はい」

「あんた、何者？」

「ただの大学生だよ」

「出身は東京？」

「そうだけど」

「高校は？」

「ちょっと待ってくれ。結局話が逸れてってる。今は俺のことなんてどうでもいいんだ。いなくなった友達を必死に捜してる人間がいて、そいつはなんらかのいい知らせを待ってる。記憶探しの旅はひまな時につきあってやるから、聞かれたことに答えてくれないか」

僕を襲った女はローキャップのつばをゆっくりと上げた。おでこのラインまで顔が露わになり、久しぶりに綺麗な切れ長の目を拝むことができた。

「捜してるのはあんたの友達じゃなかったの」

「そこらへんはちょっと入り組んでるんだ。それもひまな時に話すから、今は勘弁してくれ」

「あたしたちとまた会えると思ってるの」

「いちいち絡まないでくれよ、頼むから」

僕を襲った女が視線を向けると、沼口を襲った女は、任せる、と応えた。僕を襲った女は僕に視線を戻して、言った。

「あのクズが部下って呼んでる連中にあたしたちの知り合いがひどい目に遭った。だから仕返しをしてるだけ。あんたの捜してる人間が怪我をしたとか入院したとかじゃなければ、今のところあたしたちとは関係ない」

志田のような言動をする人間のもとにどんな人間が集まるかは容易に想像がつくし、彼女たちの覚悟と怒りを見れば知り合いがどんな目に遭ったのかは聞かなくてもわかる。ただ、一つだけ不可解な点があった。

「知り合いのためにやるにはリスクが高過ぎることなんじゃないか」

「あんたがそれを言う？」

確かにその通り。

「色々と入り組んでるの、こっちも。ひまな時に話してあげる」

僕を襲った女がベンチから腰を上げた。沼口を襲った女も。

「ちなみに」僕は慌てて訊いた。「標的の中に北澤悠人の名前はあるか」

「ない。今のところは」

彼女たちはベンチの前から離れ、公衆トイレの脇のヘンヨウボクの植え込みに近づくと、それぞれに右手を茂みに突っ込んで隠してあった大きめのデイパックを取り出し、トイレに入っていった。一分ほど待っても出てこなかったので、不審者に間違われないようにベンチに座ることにした。腰を下ろすと木の座面にほんのりと冷たさを感じた。秋は着実に深まっている。

彼女たちがトイレから出てきた。セーラー服とブレザーの制服にそれぞれ着替えた彼女たちはベンチに近づいてくると、まだいたの、といった感じの一瞥を僕にくれながら、足早に公園の出口に向かった。僕は動揺を抑えながら腰を上げ、彼女たちのあとを追った。

特殊警棒入りのデイパックを肩に提げた可憐な雰囲気の女子高生たちは軽快な足取りで新橋駅へと向かっていた。僕は二メートルほどの距離を空けながら彼女たちについていった。

彼女たちは一度も振り返らずに先を急いでいた。一瞬で襲撃を終えて帰途につく計画が狂い、門限が目の前に迫ってきているのかもしれない。できれば彼女たちの前にまわり込み、さっきはよく見えなかったものを確かめたかったが我慢した。

酔っ払いの男たちが粘着質な視線を絡みつけようとする駅前の繁華街を彼女たちはあっという間にすり抜け、烏森口の改札口にたどり着くと、僕と向かい合った。見覚えのあり過ぎるセーラー服の胸当てに施された校章の刺繍がはっきりと目に飛び込んできた。かつてこの《Σ》のギリシャ文字を幾度となく間近で見たことがあった。

「送ってくれてありがとう」僕を襲い、セーラー服に着替えた女が言った。「別に必要なかったけど、一応お礼は言っとく」

「君はもしかして三年生？」

セーラー服の女は眉間に『さわるな危険』のマークを点した。

「だったら何？」

もし三年生だったら、確かに僕を見たことがあるかもしれない。一年生の時の学園祭で。

「なんでもない。気にしないでくれ。あと余計なお世話だけど、危なっかしい真似を続けるつもりならもう少し強くなってからのほうがいい。このままだといつか良くないことが起きる」

セーラー服の女は思案げな眼差しで僕を見つめつつ、言った。

「あんたはどこで闘い方を習ったの？」

「ある人に習ってる」

「今も？」

「ああ」

どんな人、とセーラー服の女が口にすると、ブレザーの女が、時間、とたしなめた。その言葉に促されて僕は駅の構内に設置された時計に視線を送った。10：21。

「電話番号教えて」セーラー服の女は怒ったように言った。

男に電話番号を聞かれることはあっても、その逆の経験はないのかもしれない。答えずに恥をかかせ、新たな一戦が始まるのは避けたかったので自宅の電話番号を伝えた。

「携帯は？」

「持ってない。嫌いなんだ、携帯電話」

セーラー服の女はふっと鼻で笑い、名前は、と訊いた。みなかた。南に方角の方。

「君たちの名前は？」

セーラー服の女は短いためらいのあとに答えた。

「りつ」

「君は？」

「ゆう」ブレザーの女は渋々といった感じで答えた。

ちいさこべか、と僕が言っても、彼女たちは反応しなかった。バトルネームに人情物語の登場人物の名前は不似合いだったが、制服姿の彼女たちにはぴったりに思えた。さて、そろそろりつとゆうを家に帰さないと茂次にどやされてしまう。

「またな」

僕は踵を返した。

愛車を取りに大学へと戻りながら、夕方以降の展開をざっと反芻した。それなりに目まぐるしく派手だった割には成果はほとんどなかった。希少種のめんどくさい連中とは知り合えたが。

道のりの半分を越えたあたりで見つけた電話ボックスに入り、結城に電話をかけた。詳細は省いて成果のなかったことだけを報告し、引き続き調査を続けると伝えて電話を切った。

教職員専用駐車場の入口にもなっている大学の西門にたどり着いた。門の脇に立つ若い警備員に警戒の眼差しを注がれながら門を通って駐車場に向かい、敷地の隅っこに停めてある愛車と再会した。無許可での駐輪だが、入学以来まだ注意を受けたことはない。

家に着いた頃には日付が変わっていた。さっとシャワーを浴びたあと、老いぼれのラップトップを起こしてメールをチェックした。ゼロ。体の隅々に疲労が溜まっていたが、眠気はなかった。久しぶりの実戦に臨んだせいで神経の昂りが収まらずにいた。ふいに『ちいさこべ』を読み直したくなったが、持っていなかった。代わりに昔友達に借りたまま読まずにいた『地に呪われたる者』を本棚から取り、ベッドに腰かけて読み始めた。これを貸してくれた友達は僕の知る限りどこの誰よりも強い男だった。三〇分ほど読むと集中力が落ちてきたので本を置き、ベッドに寝転んで軽く目を閉じた。目の前に志田の部屋にいたゴリラたちの姿が浮かんだ。次にりつとゆうが突然現れ、ゴリラたちに襲いかかった。二人は特殊警棒を巧みに操り一時はゴリラたちを追いつめたが、やはり体力差で押されて敗色が濃厚になった。しかし次の瞬間、誰よりも強い僕の友達が颯爽と登場してゴリラたちをあっという間に叩きのめした。僕が誇らしげに志田を見ると、奴は不敵に微笑んでヒップポケットからオートマティックの拳銃を抜き出し、銃口を僕の友達に向けた。僕は、やめろ！　と叫び――

ベッドから飛び起きた。いつの間にか朝になっていた。

8

土曜日。調査二日目。

必ず出欠を取る一限の英語の授業に出たあと、図書館のいつものソファに身を沈めて『地に呪われたる者』の続きを読んだ。つきあい始めはとっつきにくかったが、徐々に案外話の通じる友達になってきていた。

昼過ぎに学食でカレーライスを食べて図書館に戻ると強烈な眠気に襲われたので昼寝をした。もちろん、美人司書の不在が確実だったからだ。夢を見ない深い眠りを堪能し、午後四時に起きた。図書館を出て中庭のベンチに座り、ゆっくりと葉を落とし始めている銀杏の樹を眺めながら缶コーヒーを飲んだあと、教職員専用駐車場で愛車をピックアップし、大学を出た。

南麻布、広尾、恵比寿を突っ切り、駒沢通りに乗って祐天寺駅に着いた。駅から五分ほど南に行った場所にある閑静な住宅地に入って少しだけ迷い、五時過ぎに北澤宅にたどり着いた。家は建売り風の戸建てで、自己主張をせずに良くも悪くも街に溶け込んでいた。

愛車から降り、両開きの門扉の脇に取りつけてあるインターフォンのボタンを押した。応答無し。もう一度押した。応答無し。外から見える窓にはすべてカーテンが引かれていて、何かを頑なに拒絶しているようにも見えた。周囲を見回した。道端に小さな枯れ葉が落ちていたので拾い、門扉の合わせ目の隙間に差し込んだ。枯れ葉はぴったりとはまり、落ちなかった。

一旦家の前から離れ、駒沢オリンピック公園のまわりをのんびり走って暗くなるまで時間を潰し、七時少し前に北澤宅に戻った。玄関の外灯も家の中の照明も点いていなかった。枯れ葉は挟まったままだった。

一時間ほどで帰宅すると、矢野の留守電メッセージが待ち受けていた。ノーチェにいるから来てくれ。

結城に電話をかけ、北澤宅へ行ったことを報告した。

「確かにおかしな雰囲気だった。でも先入観があったからそう見えたのかもしれない。案外今夜遅くに長期の家族旅行から帰ってきて、君にただいまの連絡が来るのかも」

「ほんとにそう思う?」

「可能性は低いだろうね」

「これから先はどうするつもり?」

「志田をもう一度つついてみる。それで何も出てこなかったら、僕にできることはもうほとんどない。残念だけど」

ごく短い沈黙を挟み、結城は言った。

「あまり関係ないと思ってこの前話さなかったことがあるんだ。悠人が僕の家に泊まった夜、リビングで音がしたから気になって見に行ったら、寝てると思った悠人が明かりも点けずにテレビを見てたんだ。悠人は画面に見入っててまったく僕に気づかなかった。水でも飲むかって僕が声をかけたら、こっちがびっくりするぐらい動揺して慌ててテレビを消したあと、目が覚めてやることがなかったからって言い訳して何事もなかったみたいにまたソファで寝ちゃったんだ」

「それがいなくなったことと関係があると思う？」

「わからないけど、今から考えたらあの時の悠人の動揺の仕方はちょっと異常だった気がする」

他人の家で突然背後から声をかけられたら動揺するに決まっているが、結城の主観に疑義を唱えても仕方がない。

「それに僕の声に反応して振り返った時の悠人は、ひどくばつの悪そうな顔をしてた。なんていうか、見られたくないところを見られた子供みたいな」

「AVを見てるところを母親に見られたみたいな？」

半ば冗談で言ったのだが、結城は、そんな感じだったと思う、と大真面目に答えた。

「見てた番組はわかる？」

「ごめん、わからない」

「時間は憶えてる？」

「午後一一時過ぎだった」

「わかった。あとで調べてみる」

優先順位は最下位に近いが、結城にそれを告げる必要はない。電話を切り、薄手のパーカーを厚手のものに着替え、家を出た。


愛車を駆って白金に向かった。飯田橋の交差点で信号待ちをしていると、こそ泥みたいに背後からこっそり近づいてきた二人組の警官に不意打ちの職務質問を受けた。任意を盾に無視することもできたが、その時は一〇〇パーセントの確率で悶着が起こり、人生の価値ある時間を無駄に費やすことになるので逆らうことなく受け答えをした。防犯登録のナンバー照会で少し時間を取られた。交番勤務のしがない地方公務員にとっては宝くじの当選発表の時間だ。できれば自転車が盗難車で、できれば所持品検査でドラッグが見つかって、と雪だるま式のノルマ達成への夢が膨らんでいることだろう。その夢の中に法や正義はどこにも存在しない。無線でナンバー照会をしていた警官が、もう一人に向かって小さく首を横に振った。名残惜しげな警官たちに見送られながら、自転車を漕ぎ出した。警官とさよならする方法はまだ見つかっていないらしいが、これからも見つかることはないだろう。

住宅地と商業地の境目にある五階建てビルに着いた。建物のそばに立つ駐車禁止の標識柱に愛車をチェーンロックで繋いで停め、ビルに入った。階段で二階に上がり、ワンフロアを占めるダイニングバー『ノーチェ』の分厚くて頑丈な木製のドアを開けた。『ノーチェ』は看板を出さない会員制で、タレント御用達の排他的な店だ。フロアに入って店主の姿を探していると、カウンターのストゥールに座っている僕と歳の変わらなそうな若いイケメンが明らかに敵意のこもった視線をぶつけてきた。縄張りを荒らす一般人が迷い込んだとでも思ったのかもしれない。それを受け流すために壁にかかる絵の中の青い目をした女と見つめ合っていると、店の奥から店主の黒崎さんが現れた。黒崎さんは僕に気づき、ふっと微笑んだ。元女優の微笑みは目尻の皺が目立つ年齢になっても充分に魅力的だった。

「奥にいるよ」

黒崎さんのハスキーな声に軽く会釈を返して個室へと向かう僕に、若いイケメンはさらに純度の増した敵意の目を向けてきた。何をそんなに意気がってんだよ。

ノックをして個室に入ると、白いシャツに黒いジーンズ姿の矢野が革張りのソファベッドに仰向けに寝転がって白い冊子に目を通していた。そして、冊子から視線を外さないまま軽く手を振った。僕は肩に提げていたデイパックを荷物置き用の小さなベンチに置き、四人掛けのテーブルに着いた。テーブルには飲みかけのビールの入ったグラスと矢野が読んでいるのと同じものに見える白い冊子が四冊載っていた。表紙にタイトルは書かれていなかった。おそらく脚本だろう。矢野が読み終わるのを黙って待っていると黒崎さんがオーダーを取りにやって来た。グレープフルーツジュースを頼んだ。

五分ほど経ってグラスを半分ほど空にした時、矢野がソファから起き上がり、持っていた冊子を他の四冊の上に放るように置いて僕の向かい側に座った。そして、気の抜けたビールを口にして顔をしかめた。

「連続ドラマは見るか」

「見ません。そもそもテレビがないんで」

「テレビをやったら見るか？」

「見ません」

「なんで」

「子供の頃から見る習慣がないんです」

「子供のくせにテレビ見ないで何やってたんだよ」

「勉強するか本を読んでました」

「可愛くねぇガキだなぁ」

矢野はそう言って無防備に微笑んだ。高校生の頃の僕だったら、抱かれてもいい、と思っただろう。

「連続ドラマの脚本ですか？」

矢野はめんどくさそうに頷いた。

「連続ドラマには出ないって言ってましたよね」

「まだ出るって決めてないけどな」矢野は不機嫌そうにビールに口をつけ、さっきよりもひどく顔をしかめた。「色々とあるんだよ」

ノックの音が響き、こちらが応じる前にドアが開いた。さっきの若いイケメンが戸口に立ち、パラフィン紙並みの薄ら笑いを浮かべていた。

「矢野さんがいるってママから聞いたんで、挨拶に来ました」

若いイケメンがニワトリみたいに頭を動かして会釈すると、矢野は壁に話しかけるような抑揚で言った。

「今大事な話をしてるんだよ」

若いイケメンは途端にばつの悪そうな表情を浮かべたが、すぐに取り繕って精一杯の不敵な笑みに変えた。

「そうっすか。お邪魔しました」

若いイケメンはまた敵意のこもった一瞥を僕にくれながら、ドアを閉めて姿を消した。だから何をそんなに意気がってんだよ。

「気にすんなよ。ただの勘違い野郎だ」

「俳優ですか?」

「今売り出し中のモデル上がりだ。漢字もまともに読めない役者さんだよ」

表情は穏やかだったが、声に嫌悪がこもっていた。なんらかの因縁があるのかもしれない。

「来週の水曜はどうしてる」と矢野が唐突に訊いた。

予定はなかったが、北澤の件がある。

「すいません、予定が入ってます」

「珍しいな。やっと友達ができたか」

恩義あるパトロンに事情を話したかったが、結城への信義を蔑ろにするわけにはいかなかった。

「また陸送ですか?」

「いや、別件で頼みたいことがあったんだ」

「急ぎですか?」

「大丈夫だ、気にするな」

矢野はそう言ってビールを一気に飲み干すと思い出したように、そういや来るのが遅かったな、と言い、僕は、大学の用事で帰ってくるのが遅くなって、とダイジェスト版で答えた。

「大学はどう?　楽しい?」

「楽しいも何も、ただ通ってるだけですから」

「なんで大学に入ろうと思った」

「勉強しか取り柄がなかったからです」

矢野は少しだけ目を細め、珍しい動物を見る眼差しを僕に向けた。大学に入ったのには別の理由もあったが、それは話したくなかった。

「矢野さんはなんで俳優になろうと思ったんですか」

「猿蟹合戦だ」矢野は即答した。「ガキの頃に学芸会で猿の役をやって教師や父兄からずいぶんと褒められた。それで調子に乗ったまま今に至るってわけさ」

「要するに天職を見つけられたわけですね。うらやましいです」

矢野はなんの反応も示さずグラスに手を伸ばし、空っぽなことに気づくと顔を半分しかめて舌打ちをした。それが合図だったかのように黒崎さんが現れ、ビールのオーダーが完了した。単なる偶然も矢野が絡むといちいち劇的に見える。ほどなく新しいビールがやってきてテーブルに置かれると、矢野は少しのあいだグラスを見るともなく見ていたが、ふいに話し出した。

「少し前に撮ってた映画の現場で缶ビールを飲むシーンがあった。俺がビールを飲もうとした時、急にカットがかかった。なんでかわかるか？」

「まったくわかりません」

「そのビールが俺の出てるビールのＣＭのブランドと違ったからだよ。俺のマネージャーがそれに気づいて監督にクレームを入れて現場が止まった。それからスポンサー様のビールが用意されて、またスタートの声がかかって俺は何事もなかったようにビールを飲んだ。天職とやらを与えてくれた神様はそんな俺の姿を見てさぞがっかりしただろう。ただ誓ってもいいが、役者になりたての頃にそんなカットをかけられたら、俺は間違いなくマネージャーを殺してた」

矢野はビールに口をつけ、ふと思い出したように薄い笑みを浮かべると、役者になりたての頃にマネージャーなんていなかったけどな、と自嘲めいた口ぶりでつぶやいてから続けた。

「駆け出しの頃はものを売りつけるために演技してる連中を見て、絶対にああはならない、なるはずがない、って思ってたよ。俺は去年四億近くを稼いだが、その内三分の二はＣＭのギャラだ。残りの三分の一はなんの価値もないクソ以下の映画に出たことで稼いだ金だ。つまり、俺はもう俳優じゃなくてＣＭタレントなんだよ。だから連ドラにも出るさ。なんせスポンサー様のご要望だしな。それに」矢野は力のない視線をテーブル上の脚本に向けた。「首輪がはまった飼い犬にはお誂え向きの仕事だよ」

ふと、矢野のスポーツカーたちのことが思い浮かんだ。もしかすると矢野は自らを象徴するものとして彼女たちを買い集め、葬儀場で眠らせているのかもしれない。飛び抜けたポテンシャルを持ちながら、その能力を発揮することのできない者の象徴。

矢野は脚本に見切りをつけ、まっすぐに僕を見つめた。

「大学を出たらどうするつもりなんだ」

即答した。「まったくの白紙です」

矢野は短く笑った。そして、顔に笑みを残しつつ真剣な口調で言った。

「おまえがどんな道を選ぼうが俺は応援するよ。ただ、大事なことを決める時に生活のことは忘れろ。俺が文句も言わずにビールを飲んだのは生活のためだ。自分の生活のため、スタッフの生活のため。生活は理想や信念をあっという間にかき消してくれる魔法の言葉だ。自分がいつ役者としての自由を差し出して生活に絡め取られたのかもう憶えちゃいないが、今やすっかり生活の奴隷だ。だから俺みたいにはなるな。絶対に」

はい、と応えるわけにはいかず戸惑っていると、矢野は、一〇年後のおまえを見るのが楽しみだよ、と言って、ビールを飲み干した。きりの良い気がしたので、トイレに立った。初めて苦悩を垣間見せた矢野に対してなんらかのきちんとした言葉をかけるべきだったかもしれなかったが、何者かであり続けたいともがいている人間にまだ何者でもない僕がかける言葉は存在しなかった。無理をすれば励ましめいた間に合わせの言葉を絞り出すことができただろうが、矢野はそんなものにうんざりしていて、だからこそ僕をそばに置きたがっているのだろう。僕はスポーツカーと同じく矢野にとってのある種の精神安定剤の役目を果たしているのかもしれない。もちろん、あの美しい獣たちと僕に同等の価値があるとは到底思えなかったが。

トイレを出ると、漢字の読めない若いイケメンの待ち伏せに遭った。安っぽい展開にうんざりしつつ無視をしてそばを通り過ぎようとすると、すれ違いざまに若いイケメンの右膝が勢いよく僕の腹に向かってきたので、体を開きながら右肘を若いイケメンの太腿にカウンターで叩き込んだ。狙い通りに肘の先をピンポイントで半腱様筋に刺せたので、若いイケメンは短いうめき声を上げて床にうずくまった。どれぐらい痛いか知ってるよ。ウィルのお陰で。

「なんで絡むんだ。俺がなんかしたか?」

「うるせぇ」

若いイケメンがゆっくりと立ち上がった。会話が成立しないなら、他の手段で語り合うしかない。

「どうしたの?」

フロアのほうから黒崎さんの声がした。

「なんでもないです」僕は若いイケメンから視線を逸らさないまま答えた。

若いイケメンは僕を睨みつつ、恨めしげな声で言った。

「このままで済むと思うなよ」

雑魚キャラ専用のセリフを初めて生で聞いた。

「あの馬鹿にからまれなかったか」

個室に戻ると矢野にそう訊かれたので、問題なかったです、とどうとでも取れる返事をした。

「あいつの事務所のバックにはやくざがついてるからな。揉めるとめんどくさいから無視しろよ」

もうちょっと早く教えてくれたら良かったのだが。

9

起きろ起きろ起きろ。

目を開けてすぐに目覚まし時計を見た。08：00。

起きろ起きろ起きろ。

明け方の四時まで矢野につきあわされ、帰宅してシャワーを浴びてベッドに潜りこんだのは六時少し前だった。

起きろ起きろ起きろ。

このままやり過ごして留守番電話機能が作動するのを待とうかと思ったが、がんばってベッドを出て書斎に向かった。自然と足取りが重くなった。普段はほとんど鳴らない電話が良い知らせを伝えるために日曜の朝に鳴るわけがない。書斎に入るとベルが鳴き止み、留守番電話の応答メッセージが始まったがすぐに受話器を上げて、もしもし、と応え、結城の暗い声を待った。

「あたしだけど」

軽くため息をついた。

「寝てた？」

「ああ、最高に楽しい夢の途中だった」

「どんな夢？」

「忘れた」

「今日はひま？」

「夕方までは」

「話がしたいんだけど」

「このまま話せばいい」

「警戒してんの？　安心して、あんたが失礼なことしない限りもう襲わないから」

またため息をついた。

「どこに住んでる？」

「小石川植物園の隣」

「じゃ、一〇時に小石川植物園で」

一片の余韻もなく電話が切れた。別に会うのは構わなかったが、せめて正確な待ち合わせ場所を決めて欲しかった。多分、りつは植物園の広さを知らないのだろう。金もないし必要もなかったのでナンバーディスプレイの契約は結んでおらず、かけ直そうにも電話番号がわからなかった。不備に気づいてかけ直してくるかと電話の前で一分ほど待ったが、無駄だった。まったく。

ベランダで朝日を浴びながらコーヒーを飲んで脳を起こしたあと、顔を洗い、朝食を作った。レタスとトマトのサラダにタマゴサンドイッチ。食べ終えても待ち合わせまでまだ一時間ほどあったので『地に呪われたる者』の続きを読もうかと思ったが、一〇〇パーセント寝落ちする自信があったのでやめておいた。代わりにラップトップを起こしてメールをチェックしたあと（受信ゼロ）、北澤悠人の名前がインターネットの蜘蛛の巣に引っかかっていないかチェックした。三年前に栃木の高校の北澤悠人がインターハイの剣道大会で優勝していた以外はトピックを持つ北澤悠人はいなかった。気づくと九時五五分になっていたので慌ててラップトップを寝かしつけ、ベッドの脇に落ちていた昨日の服に着替えて部屋を出た。

一分もかからずに植物園の正門に着いた。一〇時一〇分を過ぎてもりつが現れなかったので入園料を払って中に入り、とりあえず西に向かって歩いた。並木道というより林道に近い小道を小春日和の日差しに照らされた木々を眺めながら歩くのは気分が良かった。自然と緩む歩調に時々アクセルをふかし、敷地の西端にある日本庭園の前の大きな池まで進むと、ほとりに建つあずまやのベンチにりつの姿があった。襲撃の時と同じ服装で、ローキャップだけはかぶっていなかった。

「遅い」

りつは不機嫌にそう言い、両手に一つずつ持っていた缶コーヒーの右手のほうをベンチのそばに立つ僕に向かって放った。最小限の遅刻で済んだ僕の直感を褒めて欲しかったが、多くは望まずに缶コーヒーで我慢することにした。

「で、話って？」

りつは缶コーヒーを両手で包むように握り、僕をじっと見つめた。

「あんたの先生を紹介して」

予想はついていたので、戸惑うことなく答えた。

「いいよ」

りつの眼差しに怪訝の色が混じった。

「ただし条件がある。あんな物騒なことをやってる理由を教えてくれ」

りつは目から怪訝を消し、代わりに眉間に縦皺を作った。

「あんたの先生はあんたみたいな品行方正な人間にしか教えないってわけ？」

痛いところを的確に突いてくる。ランボーさんに教わったら強くなるだろう。

「そういうことじゃない。先生は俺にとって大切な人だ。ほとんど見ず知らずの人間を紹介したくないだけだ」

反論はなく、りつはただじっと僕を見つめていた。射貫くような視線だった。あんたを信用していいの？　そう問われている気がした。池で魚の跳ねる水音がした。

「Pを始めたきっかけは」りつはそこまで言ってめんどくさそうに、ＰはＰｕｎｉｓｈｍｅｎｔ、つまりお仕置きのこと、と補足して続けた。「あたしの友達が大学生のクズ男に無理やりやられてそのショックで自殺未遂をしちゃって、それでも何事もなかったみたいにまわりが事件を揉み消したのが許せなかったから」

「そのクズ男はどうした？」

「レイプ魔だって噂を大学に流して退学に追い込んでやった」

「襲わなかったのか」

「その頃のあたしたちはまだ弱かったから」

「最初から仲間がいたのか」

「始まりは五人だった。全員クラスメイト。今じゃ後輩とかほかの学校の子も加わって九四人になった」

「ゆうはほかの学校の仲間ってわけか」

りつは小さく頷いた。

「そもそもPとやらをやるために五人は集まったのか」

りつは答えず、また何かを問いかけるような眼差しで僕を見た。いったいなんだって言うんだ？

「高二に上がるまで、あたしは普通の女子高生だった。でも、クラス替えである子と知り合って普通でいるのが嫌になって動き出すことにした。あたしを変えたその子は高一の時に知り合いの敵討ちで、ある大学に乗り込んでって大暴れしたことがあって、うちの学校じゃちょっとした有名人だった。あたしたちはただの仲良し五人組でいたくなかった。だから、人助けを始めた。初めはクラスメイトのために痴漢とかストーカーを捕まえたり、誰にも打ち明けられない悩みを抱えてる子の相談に乗ったりしてた。そのうちにどんどん仲間が増えてって、それにつれて持ち込まれる相談もどんどんシリアスになってってった。だから必然的にPに行き着いた」

僕は動揺を抑えながらりつの向かいのベンチに腰を下ろした。りつの眼差しの意味がやっとわかった。

「ところで、あんたの出身高校は？」

結局、すべての行いはなんらかの形できちんと自らの身に跳ね返ってくる。それが若気の至りと呼べるようなものであっても見逃されることはない。僕は観念して訊いた。

「岡本さんはどうしてる」

「佳奈子は、岡本さんて呼ぶあんたたちの距離感が好きって言ってた」りつは少しだけ口元を綻ばせた。「佳奈子は今アメリカにいる」

「留学？」

「まぁ、そんな感じ」

りつの声にはかすかな陰が混じっていた。

「何があった？」

りつは短い沈黙のあとに答えた。

「色々あって高三の頭に学校をやめて、親戚のいるアメリカに行くことになった」

「色々って？」

りつの目に意思がこもった。

「色々は色々」

「わかったよ、いつか気が向いたら教えてくれ」

「心配は無用。向こうで楽しくやってるみたいだから。こっちにはいいものも悪いものも欲しいものがなんでもあるって言ってた。もちろん物質的な意味じゃなくて。もしかしたらもう日本には戻ってこないかも」

りつの顔が寂しげにうっすらと曇った。小春日和にふさわしくない。話題を変えることにした。

「俺のことはいつ思い出した？」

「昨日学校に行った時。今学園祭やってるから」

「でも、俺と岡本さんはどう繋がった？　岡本さんは俺たちの正体を知らなかったはずだけど」

りつは呆れた表情を浮かべた。

「うちの学校の人間とつき合っといてばれないと思った？」

またもや過去が跳ね返ってきた。

「がっかりしてたろ、岡本さん」

「全然。佳奈子にとってあんたたちは特別みたい。女子高の学園祭を襲う変態連中でも許せるんでしょ」

ずいぶん語弊のある言い方だったが、こちらの分が悪過ぎる話題なので反論は諦めて先に進むことにした。

「どうして俺の先生に習いたい。手っ取り早く道場にでも通えばいいだろ」

「通った。でも、エクササイズみたいなぬるいことしか教えてくれなかった。仲間たちと色々研究して訓練したけど、この前その限界がわかった。あんたの闘い方は実戦的だった。あたしはあんなふうに闘えるようになりたい」

「暴力じゃ何も解決しないぞ」

「レイプされた子たちにおんなじこと言える？」

言葉が出てこなかった。りつは缶コーヒーを両手でぎゅっと握っていた。

「あたしと闘った時、わざと顔を狙わなかったでしょ。たいていの男はあんたみたいに力をきちんとコントロールできない。自分より弱いと見なした相手には特に使い方を間違える。あたしたちはそんな連中に囲まれて生きていかなきゃならない」

そんな男ばかりじゃないはずだ。そう反論したかったが、やめておいた。ここ最近悪いサンプルばかりを見過ぎている。

「言っとくけど、あんたに手加減してもらったこと感謝してないからね。あたしは顔をやられても全然構わなかった。人に暴力を振るうのに自分だけ無傷でいようなんてそんな甘い考えは持ってないから。今度闘うことがあったら遠慮なく狙ってきて」

僕は黙ったままカッコいい女に見とれていた。りつはまた眉間に縦皺を刻んだ。

「なんなの。気持ち悪いんだけど」

「次の稽古は今週の木曜日だ。その時に先生を紹介するよ」

カッコ良くて口の悪い女の顔がぱっと明るくなり、年相応の幼さが浮かんだ。僕はほっとして軽く息をついた。

稽古の時間と場所をりつに伝えた。先生の名前は、と訊かれたので、ランボーさん、と答えると、りつは、ふざけてんの、といった感じで睨みつけてきた。正門へと向かいながらランボーさんの簡単な経歴を伝えて誤解を解いたあとは話題が尽き、沈黙が続いた。なんとなく居心地が悪かったので僕は訊いた。

「これから学校に行くのか」

「行くわけないでしょ、日曜日に」

「学園祭の最終日だろ」

「昨日顔出したからいいの。もともと好きじゃないし、ああいうの。あんたこそ行って昔みたいに暴れてくれば？」

何を言っても軽くねじ伏せられてしまうので、黙っておくことにした。りつは時々背の高い木のてっぺんに視線を向けては眩しそうに目を細めた。

正門に着くと、りつは入口の脇の駐輪場から黒いHONDAホーネットを出してきた。

「オートバイには乗る?」フルフェイスの黒いヘルメットを被ろうとした手を止め、りつが訊いた。

「免許は持ってる。でも、金を持ってない」

りつは短く笑った。

「名前は？」と僕は訊いた。「ほんとの名前」

りつは一瞬不思議そうに僕を見たが、すぐに答えた。

「りつ」

諦めて軽く息をつくと、りつはポケットに入れていた缶コーヒーを僕に手渡してふっと微笑んだ。缶コーヒーにはりつの手の温もりが残っていた。


りつが疾風のように走り去ったあと、家に戻って仮眠を取った。五時に起きる予定が眠気に負け、ベッドを出たのは六時を過ぎてからだった。一五分で外出の支度を済ませ、愛車で北澤宅へと向かった。

一時間もかからずに北澤宅に着いた。門扉にはまだ枯れ葉が挟まっていたし、窓に引かれたカーテンの形も前と変わっていなかった。かすかに胸がざわついた。ふと家の中に横たわる三つの死体のイメージが目の前に浮かんだが、すぐにかき消した。

家に戻って結城に電話をかけた。何も進展がないことを伝え、明日大学で会う約束を取りつけて電話を切った。

10

午後一時過ぎに大学に着いた。薄曇りの月曜日でキャンパスを行き交う学生たちの顔も心なしか沈んで見えた。学食に入って缶コーヒーを買い、いつもの壁際のテーブルに向かうとすでに結城の姿があった。約束の時間にはまだ二〇分あった。

「早いね」デイパックをテーブルの上に置きながら向かいの席に座った。

結城は読んでいた刑法のテキストを閉じた。

「テキストを真剣に読んでる大学生を初めて見たよ」

結城は軽く笑ったあと、迷いのない声で言った。

「できれば在学中に司法試験に通りたいんだ」

「目指すのは？」

「弁護士」

「なれるよ、きっと」

「ありがとう。君はなんになる？」

「まったくの白紙。目指すところが定まってるなんてうらやましいよ」

「就職は？」

「しないね、たぶん」

「じゃ、大学に入ったのはなんのため？」

ふと結城になら矢野には話せなかったことを話しても良い気がしたが、やっぱりやめておいた。

「ひまつぶしかな」

結城は優しげな眼差しをふっと浮かべて言った。

「もしかしたら君はもうすでに何かになってるのかもしれないね」

「どういうこと？」

結城は笑みでかわして答えず、テキストを隣の椅子に置いてある黒いトートバッグの中にしまった。そして、代わりに二つに折り畳まれた白い紙を取り出して僕の前に置いた。

「念のために持ってきた」

紙を取って開いた。新聞のテレビ番組表をコピーしたものだった。日付は11月3日。午後一一時台に放送された番組枠にすべて赤い枠が上書きされていた。

「そこに載ってる番組のどれかを悠人は見てたんだ」

僕は番組表にきちんと目を通さないでテーブルに置き、結城を見た。結城は何かを感じ取り、表情を引き締めた。

「君の言う通り、北澤君に何かがあったのは間違いないと思う。もしかしたら両親も巻き込まれてるかも」

結城の顔が一気に曇った。

「君がこのまま北澤君の行方を捜し続けるつもりなら、なるべく早く警察に相談しに行ったほうがいい」

「君の見立てではシリアスな状況ってこと？」

「客観的な証拠は何もない。あくまで僕の勘だ」

結城は視線を落とし、思案を始めた。結城がこれ以上の面倒を背負い込む必要はないし、北澤を見離しても責任を感じる義理もない。でも。

「わかった、警察に相談するよ」結城はまっすぐに僕を見て言った。

非合理的な決断の理由は聞かなくてもわかる。友達だから。

「君はいい弁護士になるよ」

結城はかすかにはにかんだが、すぐに顔を引き締めた。

「警察は取り合ってくれるかな」

「だめだったら僕がなんとかする」

「なんとかって？」

「事件化すれば警察も重い腰を上げる。実は人捜しより事件を作り出すほうが得意なんだ」

結城の目に力がこもった気がした。眉をひそめたいのかもしれない。

「安心してくれ、物騒なことはしないから」

結城はふいに微笑んで、言った。

「いや、どうせなら君の考える物騒を見てみたい。いざとなったら思う存分やってくれ」

笑みでイエスと答えた時、頭に包帯を巻いた男が僕の視界に入ってきた。一歩ごとに不機嫌な表情を深めて僕たちのテーブルにたどり着いた沼口は結城を一瞥したあと、僕を睨みつけた。

「志田さんがお呼びだ」

「壊れてなかったですか、眼鏡」

沼口の眼差しが不機嫌より憎悪に近くなった。

「行くぞ。志田さんを待たせるな」

「行きませんよ。俺に用事はないんで」

癇癪でも起こすかと思ったが、沼口は頬を歪めて冷笑を浮かべた。

「北澤の件だけど、いいのか」

結城の強い視線を感じたが、無視をした。

「情報はなかったはずでしょ」

「おまえだったらあの状況で正直に話すか?」

「どうして心変わりしたんですか」

「それを志田さんに聞けばいいい」

ここで迷う必要はなかったので、結城に向かって言った。

「さっきの件だけど、少しだけ待ってもらえるかな」

結城は頷いた。眼差しに緊張と不安が宿っている。僕はそれを和らげるために笑みを向け、あとで連絡するよ、と告げ、テレビ番組表のコピーを取って椅子から腰を上げた。


食堂棟を出て中庭に入り、西校舎に向かって歩いた。沼口は黙ったまま早足で僕を先導していた。肩甲骨のあたりに怒りがこもっているのがわかる。足を速めて沼口と並び、訊いた。

「頭、大丈夫ですか」

沼口は三〇年越しの仇敵を見るように僕を見た。

「おまえ、俺のことなめてんだろ」

「本気で心配してるんですよ」

沼口は、その手に乗るかよ、と表情で吐き捨てたあと、前を向いた。

「病院には行きましたか。もし吐き気が続くようだったら脳波を検査したほうがいいです」

沼口の歩調が少し緩まった。

「良い病院を知ってるんで必要な時は遠慮なく言ってください」

沼口の歩調がお散歩並みになった。真意を疑ってはいても志田からは絶対にかけてもらえない言葉で心がほぐれつつあるのだろう。

「ボクシングをやってた時に世話になった病院か」沼口は前を向いたまま言った。

「もう調べたんでしょ、才英館の卒業名簿。学食にいるのはなんでわかったんですか」

沼口は鼻で笑った。

「ここは志田さんの庭だからな。雑魚や小石でも志田さんの目から逃れることはできないんだよ」

頭を小突いてやりたくなったが、ご機嫌のうちに訊いておきたいことがあった。

「北澤をどう思いますか」

「志田さんの金魚のクソ」沼口の声が尖った。「いや、クソ以下だな」

「何をしてクソ以下になったんですか」

沼口が不意に足を止めたので、僕も立ち止まった。

「おまえ、どの筋で動いてんだ」

「どういう意味ですか」

沼口は見透かすような笑みを口元に浮かべると、答えずに歩を再開した。


西校舎に入り、地下一階に降りた。ESSCの部室の前にはこの前とは違うゴリラが二頭立っていた。ゴリラたちは物騒な一瞥を僕にくれただけで、余計な威嚇はしてこなかった。こいつらはしっかり躾けられてるようだった。沼口がドアをノックした。入れ、という調教師の返事があり、沼口と一緒に部屋に入った。この前とまったく同じ恰好をした志田は猿人のステッカーが貼られたラップトップのキーボードを目まぐるしい勢いで叩いている最中で、こっちを見なかった。安っぽいアルミパイプの長机と椅子で作業していても画になる佇まいだった。やはりただのイベント屋とは思えない何かを感じさせる。

「外で待ってろ」手を止めないまま志田が言った。

沼口が出て行き、軋んだ蝶番の音を立てながらドアが閉まった。

「もうちょっとで終わる」志田はそう言うと、口元にかすかな笑みを浮かべて続けた。「座って待っててよ、南方君」

志田はカウンターを当てたつもりかもしれなかったが、効いてなかった。遅かれ早かれ身元はばれたはずだ。ただ、問題はどうやって調べ出したかだ。学食にいることを知っていたのと同様に。

「すげぇ低偏差値高校の出身なんだな。よくうちに入れたよな」

客観的事実だ。腹を立てるとでも？

「友達はやっぱり肉体労働なんかやって社会の底辺でがんばってんの？」

腹が立ったのでぱたぱたとよく動く指を二、三本折ってやろうかと思ったが、どうにか堪えた。志田は手を止めて、こっちを見た。狡猾そうな笑みを口元に浮かべる。そのわざとらしさが志田の隠し持った良心のような気がしたが、そう思わせることまで計算をしてやっているのかもしれない。

「用件はなんだ」

「北澤の居場所がわかったぞ」

目の前にざるとつっかえ棒の原始的な罠が見えた。相当のんきなスズメでも鼻で笑うようなものを仕かける魂胆を問い質したところで、志田がまともに答えるわけはなかった。結局のところ、選択肢は一つしかなかった。

「どこにいる」

志田は笑みを広げた。

「携帯は持ってるか」

「持ってない」

志田は、おい！　とドアに向かって声をぶつけた。一瞬でドアが開き、沼口が現れた。なんか書くもん、と命じられた手ぶらの沼口は一瞬凍りついたが、次の瞬間には動き出してそこらへんに散らばっていたコピー用紙とボールペンを集めて志田に渡した。側近もしくは雑用係としてはほぼ一〇〇点の対応のはずだったが、惜しくもボールペンのインクが切れていた。志田が舌打ちのあとにボールペンをテーブルの上に放るとカツンという音が鳴り、沼口は小さく震えた。時間と心の余裕があったらいつまでも見ていたいコントだった。僕は近くのキャビネットの天板に載っていたボールペンを取り、志田に放った。うまくキャッチした志田はコピー用紙に何かをさらさらと書き始めた。沼口は僕のことを恨めしげに見たあと、そっとドアを閉めて出ていった。書き終えた志田はコピー用紙を僕のほうへと滑らせた。コピー用紙を手にした。大学からそう遠くないマンションの住所と部屋番号、四桁の数字、それに携帯電話の番号が記されていた。

「四桁はエントランスのオートロックを解除するパスコードだ」

「不法侵入しなきゃ会えない状況にいるのか」

「うちのサークルの女の家にしけ込んで色々と楽しくやってるらしい」含みのある言い方だった。「居留守を使われたきゃ馬鹿正直にピンポンを鳴らせよ」

「どこからの情報だ」

「それを聞いてどうなる」

確かにその通りだが。

「びびってんのか」挑発的な笑み。「一緒についてってやろうか?」

「遠慮しとくよ。隣を歩かせるのは信用できる奴だけって決めてるんだ」

「いい心がけだ」

コピー用紙を二つに折り畳んだ。

「俺のことをどうやって知った」

志田は笑みの残る口元を動かそうとしなかった。

コピー用紙を四つに。

「学食にいることをどうやって調べた」

志田はたっぷりと間を取ってもったいぶったあと、目元に笑みを移して口を開いた。

「用事が済んだらそこに載ってる番号に電話をくれ。色々と話そうぜ」

11

図書館のロッカーにデイパックを預けたあと、西門から大学を出てそのまま西に進路を取った。志田から渡された紙には南麻布の住所が記されていた。

低層で横に長い現代仕様のトーチカみたいな高級マンションが両側から威圧的に睨みを利かせている長い一方通行の道を遡った。極端に人通りの少ない道で、すれ違ったのはスーツ姿の白人の男二人だけだった。どこかの国の大使館員だろう。二人とも野球バットの上半分ぐらいはあるスターバックスのカップを持っていた。もしかすると中にスパイセット一式が入っているのかもしれない。

愛車であちこち走りまわっているうちにたいていの場所には勘でたどり着けるようになったが、念のためにところどころに設置されている地図案内板で方向を確認しながら進んだ。首都高に突き当たった。古川にかかる三之橋を渡って麻布通りの交差点を突っ切り、南麻布に入った。あと五分ほどで目的地に着くはずだ。北澤がそこにいるとは思えなかったが、まるっきり無関係の場所ではないはずだった。志田が無益な嫌がらせを仕かけてくるとは思えなかった。

麻布通りから西側へ二ブロック奥に進み、目的地に続く細く緩やかな坂に足を踏み入れた。坂の途中から左手にある寺の敷地が見下ろせた。墓石が隙間なくびっしりとひしめき合っていた。生前電車通勤だった死者はうんざりしているに違いない。

坂を上り切ると、小さな四つ辻に出た。目当てのマンションはその角地に建っていた。三階建て、洒落た外装のヴィンテージマンション。そばを通るだけで管理費を徴収されそうな雰囲気。通学に便利だからと金持ちの親が娘に与えたマンションの一室。そこで爛れた時間を過ごしている無為な大学生の男女。志田の情報を裏づける想像が次々に喚起され、北澤が本当にいるかもという淡い期待が芽生えた。

エントランス脇の管理人室の小窓には『巡回中』の札がかけられていた。大理石の土台にはめ込まれたオートロックの操作盤にパスコードを入力すると、呆気なく透明ガラスの自動ドアが開いた。つやつやの大理石の床を滑るように進んだ。エントランスからエレベーターホールまで一五歩も必要だった。一階で待っていてくれたかごに乗り込み、三階のボタンを押した。

三階には部屋が一つしかなかった。部屋のドアの前に立ち、ここに来るまでに熟考して導き出した唯一の方策である、インターフォンを押す、を実行することにした。応答があったら、あとは出たとこ勝負。つまり、ピンポンダッシュのバリエーションだ。

インターフォンのボタンに指を伸ばしかけた時、ドアの向こうから物音が聞こえた。反射的に動き、廊下の突き当たりにあるドアへと小走りで向かった。多分、非常階段に繋がるドアだ。ドアの手前にある柱の陰に隠れるのとほぼ同時に、部屋のドアが開いた。部屋から出てきたのは灰色のＴシャツに青いジーンズ、白いコンバースのスニーカーという恰好の若い男だった。短髪で背が低くずんぐりとした体型で、デイパックを片方の肩に提げていた。男はエレベーターホールへと慌てた足取りで去っていった。僕のいる場所からはほぼ後ろ姿しか見えなかったが、北澤じゃないことは確かだった。柱の陰に身を潜めたまま、すぐ前の記憶を反芻した。間違いない。男は鍵をかけていかなかった。ホテルのように自動施錠でなければ、ドアは開くだろう。

再び部屋のドアの前に立った。不法侵入を決行すべきかどうか迷っていると、結城の言葉が頭の中を素早くよぎった。犯罪まがい、薬を混ぜた酒、レイプ。ここは北澤と女の爛れた愛の巣なんかではなく、卑劣な連中が集う悪の巣窟かもしれず、現在進行形で悪事が行われている可能性があった。そして、その中に北澤がいる可能性も。

倫理的な衝動が法律的な抑圧に勝り、自然とレバーハンドルのドアノブに手が伸びた。できるだけ音を立てないようにドアを開けると、ミニテントを張って住めそうな広さの玄関ホールが現れた。三和土には三足の靴がきちんと並んでいる。二つはスニーカーで、一つはデザートブーツ。どれも男のサイズだった。三和土を上がった廊下の先に曇りガラスのはまったドアがあり、その向こう側からは聞き覚えのある音楽が聞こえてきていた。『鱒』。軽快なピアノの伴奏と艶のある男声。悪事を働く際には不似合いなＢＧＭだったが、オペラのアリアを口ずさみながら人体実験を行ったナチスの医者の話を思い出した。朗々と歌われているドイツ語の歌詞のせいかもしれない。

さて、どうすべきか。いや、迷うまでもない。とりあえずドアの向こう側を確かめる。そこから先はどうとでもなる。多分。

玄関のドアをそっと閉めながらホールに入った。靴を脱ぐべきか否か。ほんの数秒の迷いの只中で、ドアの外側から響いてくる駆け足の音を聞き取った。対応する間もなく玄関のドアが一気に開いた。どこかへ去ったはずのデイパックの男が僕を見て驚き、おっ！　という声を上げて体をびくつかせた。僕は男の胸ぐらを摑んで強引に中へ引きずり込んだ。ドアの閉まる音がやたらと大きく聞こえた。僕は男の背後にまわり込みながら、左手で男の左手首を背後にひねって拘束するのと、右手で男の口を塞ぐのを同時にやった。そして、男の背中にぴったりとくっつき、前へと押し込みながら廊下に上がった。突き当たりのドアへと急ぎ足で進む。ドアにたどり着いた。音楽が止んだ。嫌な兆候だ。男の手首から離した左手でドアを勢いよく開けた。部屋の内側へとドアが開き切った瞬間に、男を中へと思い切り押し込んだ。男はすぐに足をもつれさせてデイパックとともに床に転がった。

零細な柔道場ぐらいなら開けそうな広さのリビングダイニング。部屋の中央にはキングサイズのベッド並みに大きな天板のローテーブル。その三辺にそれぞれ座り、驚きと不安の入り混じった眼差しを僕に向けている大学生と思しき三人の若い男たち。部屋の四隅にはフル稼働中の墓石みたいな空気清浄機。それでも完全には消えていない甘い香辛料のような匂い。匂いの元はテーブルの上の小さな山。違法ドラッグに関する雑誌の記事で見たことのある黄緑色の草の塊。そして、男たちの前にはコーヒーミルと手のひら大のチャック付きポリ袋。どうやらここは大麻の出荷工場らしかった。ベランダに通じる大きな開口式の窓のカーテンを引いてないところを見ると、男たちに犯罪現場であるという自覚は乏しいようだったが。

女の家？　色々と楽しくやってる？　ふざけんな。志田への怒りで頭が熱くなりかけたが、北澤に大麻を勧められたという結城の話が頭の隅っこに現れ、落ち着けと僕を宥めた。

「北澤はどこだ」

四人の男たちの誰にともなく訊いた。北澤というワードに反応しなければ、ダッシュで撤退するつもりだった。四人の男たちの目つきが一気に剣呑になった。床に倒れているデイパックの男が体勢を立て直しながら、仲間のほうに視線を向けた。四人の男たちはそれぞれ視線を交わし、小さく頷き合った。デイパックの男がデイパックに手を伸ばした。他の三人もローテーブルの下に手を伸ばした。三秒後、四人の手にはスタンガンが握られていた。とらやの小形羊羹ぐらいのサイズで、多分電圧は一〇〇万ボルト以下。ハンディタイプのスタンガンは不意打ちじゃなければ対処は容易い。動いている相手に小さな電極部を押しつけるのは思ったより難しいのだ。とはいっても、ここはさっさと回れ右して撤退する一手だったが、あえて対決することにした。なぜ？　数を恃んで襲いかかろうとしてる連中に背中を見せたくないだけ。そして、こういう無益な哲学は必ず相応の報いを連れてくる。

四人の男たちが一斉に動いた。アクション映画を見たことがないんだろうか。こういう時は一人ずつ向かってくるのが不文律だというのに。一番近くにいたデイパックの男がスタンガンを持つ右手を突き出しながら仲間たちよりも一歩早く攻撃圏内に入ってきた。僕が左足を斜め左に踏み出すのとほぼ同時に一瞬前まで顔があった場所にスタンガンが到達し、右耳のすぐそばでバチバチという不快な放電音が鳴った。動悸が一気に速まる。電極部が軌道修正されてこちらに向く前に瞬時に右にステップしてデイパックの男の右肩に体当たりをかまし、仲間たちのほうへと押し出した。よろけたデイパックの男は仲間たちの前で立ち往生し、束の間足止めの役割を果たしてくれた。その隙に床の上のデイパックを拾い、四人の男たちに向き合った。デイパックはそれなりの重みがあった。三キロ程度か。体勢を立て直したデイパックの男はまた右手を突き出しながら突進してきた。スタンガンが胸のあたりに一気に迫ってくる。僕は両手を使い、デイパックを斜め上に向かって思い切り振った。デイパックの男は下顎にデイパックの直撃を食らって一瞬棒立ちになった。僕は右足を素早く小さく上げ、デイパックの男の左の膝関節に足の裏を叩き込んだ。デイパックの男は短い悲鳴を上げながら倒れていき、僕の視界から消えたが、次の瞬間には新たに三人の男たちで視界が埋め尽くされた。

楽しい時間は速く過ぎる。そんなわけで、三人の男たちと揉み合いになって床に倒れ、電撃を受けないように死に物狂いで暴れ（それでも太腿や脇腹に何度か軽いショックを感じた）、なんとか必死で立ち上がった時には、なぜかデイパックではなくステンレス製のティッシュケースを手にしていて、三人の男たちは床に転がって苦しそうに呻いていた。一人は鼻血を大量に流し、もう一人は股間を押さえ、残りの一人は両手で後頭部を押さえていた。

僕は激しい鼓動と呼吸を落ち着かせながら、ところどころへこんでいるティッシュケースを床に落とした。そして、足下に転がっていたスタンガンを拾い、膝に手を当てながら倒れているデイパックの男に近づいて、言った。

「スタンガンを目に食らったらどうなるか知ってるか」

スタンガンを見つめるデイパックの男の目に不安と怯えの色が濃く浮かんだ。

「正直に答えろ。北澤はどこだ」

「知らねぇよ。俺たちも捜してるんだ」

「捜してる理由は」

「野菜の売り上げを持ち逃げしたからだよ」

野菜？　僕はローテーブルの上の大麻に視線を動かし、また元に戻した。

「いくらだ」

「一二〇万」

野菜イコール大麻で間違いなさそうだ。

「持ち逃げしたのはいつだ」

「二週間前。そっちは何をされたんだ？」デイパックの男の口元には皮肉な笑みが小さく点っていた。「持ち逃げか？　女か？」

スタンガンのスイッチを押して放電音を短く鳴らし、見苦しい笑みを消した。

「さっきはなんで戻ってきた」

「財布を忘れた」デイパックの男は不貞腐れたように言った。

残りの三人の視線がこちらを向いていた。目の力が徐々に戻ってきている。もうひと暴れする体力は残っていなかったので、退散することにした。念のためにスタンガンを持ったままリビングを出ようとしたが、ふとローテーブルの上の大麻に目が行った。数秒だけ迷ったあと、部屋の隅に飛んでいたデイパックを拾い上げて口を開き、下に向けた。刑法、それに民法の総論と各論の函入り基本書が床に落ちた。分厚い基本書が三冊も入っていたにしては重量が軽すぎた。

「ずいぶん勉強熱心だな」

僕がそう言うと、デイパックの男は投げやりに、まぁな、と応えた。刑法の基本書を拾い、函から出して適当にページを開いた。予想通りページのすべては枠だけを残して四角く切り抜かれ、あとに残った空洞には小分けされた大麻が二〇袋ほど収まっていた。万が一の職質対策だろう。スタンガンをヒップポケットに突っ込み、テーブルの上の大麻をざっとかき集めてデイパックの中に流し込んだあと、基本書もすべて中に戻した。男たちは不安げな眼差しを浮かべるだけで動こうとはしなかった。あとでボスから与えられる制裁に早々と思いを馳せ、体が硬直しているのかもしれない。

部屋を出て非常階段を降りている時にスタンガンがヒップポケットに入ったままなのを思い出した。足を止め、緊張を解くために深呼吸をした。スタンガンをデイパックに入れる。階段を降り切って自転車置き場を通り抜け、マンションの敷地から出た。行きとは逆の方向に進路を取る。背後に気をやりながら歩いたが、追手の気配はなかった。獣並みに勘の鋭い警察官と鉢合わせないことを祈りながら遠回りをして行きに通った三之橋に着いた。首都高が屋根の役割を果たし、日中でも薄暗い。橋の中ほどまで進み、交通の切れ目を見計らってデイパックを川に落とした。時価はいくらぐらいなんだろう、と思いつつデイパックが沈んだのを見届け、大学に向かって歩き出した。橋からすぐの場所に電話ボックスがあったので、中に入った。

「話を聞いてやる。俺の機嫌が良くなる話をしろ」

志田が電話に出てすぐにそう言うと、まずはけらけらという笑い声が返ってきた。

「会って話そう。今どこだ？　すぐに迎えに行く」

怒りが邪魔をして返事を躊躇ったが、胸の中で息をつき、場所を伝えた。

電話を切って一〇分後、不似合いに大きなエンジン音を鳴らす真っ赤なヴィッツが電話ボックスの前に停まった。助手席側の窓が下り、運転席に座る志田の姿が見えた。

「乗れよ」

助手席のドアを開け、車に乗り込んだ。

「シートベルトよろしく」

「エンジンをいじってるのか」シートベルトをつけながら訊いた。

「レース仕様にハードチューニング済みのＶ６ターボを載っけてる。ボディの剛性も上げてるしサスもいじってる。羊の皮をかぶったチーターだ。金持ち野郎のポルシェやフェラーリをこれでぶっちぎって楽しむんだ」志田の目と口の端には嗜虐的な色が薄く浮かんでいた。

「いくらかかったんだよ。ポルシェやフェラーリを買えるぐらいか？」

志田はけらけらと笑った。「まぁな。これがほんとの贅沢ってやつだよ」

志田がアクセルを踏み込んでエンジンを空ぶかしすると、大型獣並みの咆哮が轟いた。

「派手に暴れたみたいだな」車が走り出してすぐ、志田が言った。

「なんでわかる」

志田は左手でバックミラーを摑み、僕に向けた。ミラーを覗くと、左頰と右のこめかみに五〇〇円玉大の赤い擦り傷が映っていた。アドレナリンで抑えられていた痛みが視覚のせいで急にうずき始めた。

「話を聞いてやる」バックミラーを戻しながら、言った。

志田はバックミラーの微調整をしてから言った。

「おまえが乗り込んだのは大麻の販売拠点だ。あそこから大麻が運ばれて大学で売られる。クラシックがかかってたろ。手下どもの心を落ち着かせて出来心を起こさせないためだとよ」

志田はけらけらと笑い、頭悪過ぎだろ、と吐き捨てた。

「なんで俺に行かせた」

「おまえならひと暴れしてくれると思ったからな」

「商売敵への嫌がらせか」

車が赤信号に捕まって停まった。

「俺がドラッグを扱うような間抜けに見えるか？」志田は前を向いたまま言った。声に微量の苛立ちが含まれている。「まぁ嫌がらせってのは合ってるけどな」

「なんのための嫌がらせだ」

「ドラッグをキャンパスから追っ払うためだ。大麻程度だったら見過ごしてもいいんだが、最近コカインが流通し始めた。今のうちに手を打っておかないとな」

「ヴィトー・コルレオーネ気取りか」

志田が、なんだそりゃ、と言い、僕が、後で検索してみろ、と答えると信号が青に変わり、車が動き出した。すぐに交差点にぶつかり、左折して国道一号線に入った。

「あの部屋にいた連中は北澤のことを知ってた」と僕は言った。「大麻の売り上げを持ち逃げしたらしい。知ってたのか？」

「北澤はあそこに出入りして配達係兼売人をやってた。それを知ってすぐに北澤を切った。サークルは除名、俺の半径一〇メートル以内には近寄らせないようにした。それ以来あいつの姿は見てない。だから持ち逃げのことは知らない」

「切ったのはいつだ」

「一ヶ月前」

「慌てて切らなきゃならないぐらい近い場所にいたってわけか」

「まぁな。あいつは使い勝手が良かった」

「どんなふうに」

「顔だよ。あいつの唯一の取り柄だ。あいつは大学の中と外の両方からレベルの高い女を引っ張ってこれた」

「ポン引き役か。女に儲けさせてもらうなんて下品な真似はしない」

「ゼロだ。女に儲けさせてもらうなんて下品な真似はしない」

志田が自分の愉しみのために女を調達させるとは思えなかった。

「権力を持ったジジイ連中に斡旋してコネ作りに精を出してるってわけか」

「なんでそう思う」

「おまえと同じようなことをしてた奴を知ってる」

車が赤信号に捕まり、停まった。志田はかすかな疑念を含む視線を僕に向けた。

「中川さんのことか？」

やけに懐かしさを感じる名前だった。奴と関わったのはそんなに前のことでもないのに。

僕が答えずにいると、志田は冷たそうな笑みを唇の端に貼りつけた。

「おまえは勘違いしてる。俺はあの人とはまったく違う。女はサークルの人数を増やすために使ってるだけだ。要は人寄せパンダだ」

志田が前を向くと、ちょうど信号が青に変わった。車は相変わらず国道一号線に乗ったままだ。キャンパスに向かうのかと思ったが、徐々に遠ざかっていっている。

「そんなに人を集めてどうする。持ってるだけで単位が取れる壺でも売りつけてるのか？」

志田は答えずにフロントガラスの向こうをじっと見つめていたが、ふいに小さく微笑むと、僕を一瞥して言った。

「学園祭をぶっ壊して中川さんを追い込んだのはおまえか。おまえが出た高校の連中が絡んでるって噂は聞いてたが、これで繋がったよ」

志田は僕の反応を窺うように短く視線を向けた。にやけ顔に腹が立ったが、話題に乗るつもりはなかった。

「だんまりかよ。まぁいいや。いつか気が向いたらそん時の話を聞かせてくれよ。おまえが大嫌いなうちの大学に入った理由も含めてな」

車が赤羽橋の交差点を左折した。

「どこに向かってる」

「多摩キャンパスだ。行ったことあるか？」

「ない。向かってる理由は？」

「ドラッグの元締めに会いに行く」

車が首都高速の芝公園入口に進んでいく。

「そいつに北澤のことを訊きたいだろ。だから連れてってやろうと思ってな」

「元締めは学生か」

「そうだ」

「会合はいつ決めた」

「昨日だ」

どうやら僕は会合前の露払い役を務めてしまったらしい。

さぁどうする、といった表情が志田の横顔に浮かんでいた。北澤というキーワードを出されて車を降りるわけにはいかなかった。何もかもが志田の計算通りに進んでいるようで気に食わなかったが、今はこの流れに身を任せるしかない。僕は体の力を抜き、シートに深く身を埋めた。車が入口のゲートを通り、加速車線に入った。

「飛ばすぞ」

志田の楽しげな声とともに車が一気に加速した。

12

　志田は時速一〇〇キロを下回ることが罪悪であるかのように車を飛ばし続けた。四〇分ほどで多摩キャンパスに着いた。法規通りに走ったら一時間はかかったはずだ。到着までに交わした会話は一度だけだった。気持ち悪かったら言えよ。大丈夫だ。

　車は正門の前を素通りし、だだっ広い敷地の西の端にある陸上競技場に向かった。志田は外周に沿って敷かれた駐車スペースに車を収めてエンジンを切り、僕を見た。

「シナリオはない。出たとこ勝負だ」

　志田のあとについて競技場に入ると、一〇〇メートルほど先のインフィールドの真ん中に二人の男が立っているのが見えた。歩を進めつつ競技場全体をざっと見回したが、僕たちを除いて人の姿はなかった。空っぽになる時間を狙ったのか、それとも会合のために貸切にでもして邪魔者を締め出したのか。インフィールドでの会合は多分盗聴対策だ。なんにせよ念が入っている。ここまでやるってことはドラッグ絡みで相当の金が動いているんだろう。男たちまであと一〇メートルほどになると、志田がけらけらと笑い始めた。そして、男たちと二メートルほど離れた場所で足と笑いを止めて、志田は言った。

「似合ってるぞ、部長さん」

　バドミントン用のスポーツシャツと短パンに身を包んだ痩せた長身の男の唇が怒りで歪んだ。そもそも僕たちを見る目が憎悪で激っていたので、今更という感じではあったが。この男が元締めで、斜め後ろに控えているポロシャツにチノパン姿の筋肉質の男が側近か用心棒だろう。二人とも一見して清潔感溢れる平均的な大学生にしか見えない。

「ブツを返せ」元締めの男が言った。目一杯ドスを利かせた声だったが、柴犬の吠え声程度だった。

　僕は志田の斜め後ろに立っていたので、志田の背中に浮かぶ戸惑いが見えた。志田は頭をまわして僕を見た。おまえなんかしたのか、と目が訊いていた。

「全部川に沈めた」僕は元締めの男に言った。「今頃ハイになった鯉が滝登りの幻覚でも見てるかもな」

　元締めの男の両脚が怒りで震えたのがわかった。襲いかかってこないのが不思議なほど興奮し、呼吸も荒くなっている。見た目は歌舞伎の女形みたいに柔だがマインドにはやくざが宿っているのかもしれない。筋肉質の男が元締めの男の耳元に口を寄せ、低い声で何かを囁いた。元締めの男は言葉には反応せず、僕を必死に睨みつけていた。志田は、やれやれ、といった感じで苦笑しつつ軽く目を閉じたあと、前を向いた。

　元締めの男は今にも火が噴き出しそうな眼差しで志田を見据えながら、言った。

「埋め合わせはするんだろうな」

「金なら鯉から徴収しろ」

元締めの男が怒りに任せて動き出そうとしたが、筋肉質の男に肩を摑まれ、どうにか思いとどまった。

「今日の襲撃でわかっただろうが、おまえたちの販売拠点は全部摑んでる。警察にチクられるのと撤退とどっちを選ぶ」

元締めの男は相変わらず敵意が剝き出しの視線をこちらに向けていたが、呼吸は穏やかになりつつあった。

「もう充分稼いだし、大学時代のやんちゃな思い出も作れたろ。後ろにいる奴に引き継がないで完全撤退しろ」

元締めの男は軽く息をついて肩の力を抜き、言った。

「こっちはおまえのろくでもない取り巻き連中がしでかした悪さの証拠をうなるほど摑んでる」

「で?」

「三〇〇〇万だ。それで完全撤退してやる」

志田は短い笑い声を上げた。そして、一〇秒ほど沈黙したあと、おもむろに右手を上げ、手のひらを元締めの男に向けた。

「なんだそりゃ」元締めの男はかすかに動揺しつつ、言った。

「俺には透視能力がある。噂で聞いたことあるだろ。今からおまえを透視してやるよ」

「そんなことしなくていいから、今すぐ病院に行け」元締めの男は余裕めいた口ぶりで言ったが、明らかに顔が引きつっていた。

志田はじっと動かず、ただ手のひらを元締めの男に向けていた。一秒経つごとに元締めの男の表情が曇っていき、全身が強張っていっているのがわかる。筋肉質の男にも緊張が伝染し、不安げに体を揺すっていた。二人組の緊張が限界を迎えそうに見えた時、志田がゆっくりと手を下ろした。

「就職の内々定を取ったみたいだな」

志田の言葉が元締めの男の唇をかすかに震わせた。

「住宅ローンのボーナス返済額が増えて、人事部に勤める先輩も喜んでるだろ。田辺健夫、晶子、麻衣」

元締めの男の唇の震えが両肩にまで伝染した。

「おまえの親父は派遣の女と不倫してる。おふくろは株で失敗してサラ金から借金してるし、妹は一月前に子供を堕した」志田はそこまで言うと、重く澱んだ間を置き、続けた。「おまえだけじゃなくて家族も破滅させるぞ」

田辺の顔は一気に青ざめ、心なしか目が潤んでいた。呼吸が再び荒くなっている。田辺は志田の見えない両手が自分の首にまわっているのに気づいたのだ。これからしばらくのあいだは息苦しさを感じ続けることになるだろう。田辺は軽くうつむいて志田から視線を外し、敗北を認めた。

「谷口、おまえも家族の秘密を知りたいか？」

筋肉質の男は慌てて首を横に振った。

「三日で拠点を引き払え。四日後に学内でブツを見かけたら一生浮かび上がれない場所におまえを追い込んでやるからな。わかったか」

田辺が視線を上げないまま短く頷くと、張りつめていた緊張が一気に緩んだ。志田が僕を見て顎を小さく動かし、先を促した。

「訊きたいことがある」

僕がそう言うと、田辺がゆっくりと視線を上げた。

「北澤を捜してる。売り上げを持ち逃げした奴だ。居場所を知ってたら教えてくれ」

田辺の顔に少し血色が戻った。

「知るかよ。おまえが拉致ったんじゃねぇのかよ」

「どうして俺がそんなことをしなきゃならない」視線で咎められた志田が応えた。

「おまえを脅して金を引っ張ろうとしたらしいじゃねぇか。そうだろ？」田辺はそう言って、谷口を見た。

「本人からそう聞きました」谷口はかすかな優越を潜ませた口調で応じた。「秘密を暴露するって脅して金を引っ張ろうとしたけど失敗した、って言ってました。下手したら殺されるかも、ってかなりびびってました」

二人組の顔には嗜虐がうっすらと浮かんでいた。

「どんな秘密かは聞いたか」

谷口は首を横に振ったが、僕のことは見ていなかった。田辺もそうだった。二人の視線は志田に吸い寄せられていた。顔には怯えの色が浮かび始めている。僕の位置から志田の表情は見えなかったが、変態でもして鬼の顔になっているのかもしれなかった。ツノが見えるかもと思い、半歩だけ前に進んで顔を覗き込みたい欲求に駆られたが、どうにか我慢した。

「北澤からその話を聞いたのはいつだ」と僕は訊いた。

谷口は志田から視線を外さないまま短く思案し、三週間前、と答えた。

「そろそろ練習に戻れよ、部長さん」志田の声は平穏そのものだった。「部員が待ってるぞ」

二人組は同時に短い安堵の息をついて踵を返したが、田辺だけが名残惜しげに振り返った。

「家族のこと、本当か？」

「家族会議でも開いて和気藹々と話し合ってみろ」志田は興味がなさそうに答えた。

二人組が選手の入退場口に向かってとぼとぼと去っていくと、志田も踵を返し、来た道を戻り始めた。顔には怒りの残滓がうっすらと貼りついていた。

すぐに志田に追いつき、隣を歩きながら訊いた。

「で、殺したのか？」

志田がけらけらという笑い声を上げたが、これまでのような湿度は含まれていなかった。

「そんなコストの悪いことするかよ、あんなクズのために」

「秘密ってなんだよ」

志田は少しだけ歩調を速めながら、言った。

「あいつはクズだったが、なんとなくほっとけない雰囲気があった。だから一時期近くに置いてやった。油断して余計なものを見せ過ぎた」

「北澤は何を見たんだ?」

志田はさらに足を速めた。あっという間にヴィッツにたどり着いた。志田は後部座席のドアを開けて車内からいつものラップトップを取り出し、猫を抱えるように左腕に乗せると、蓋を持ち上げキーボードを軽やかに叩き始めた。五秒後、蓋が開いたままのラップトップを手渡された。ディスプレイの左半分に映っていたのはキャンパスを歩く数時間前の僕の姿だった。学食に向かっている時に写されたものだろう。顔全体には幾何学模様の網目がかかっていた。そして、右半分の上半分は大学受験の時の願書に貼り付けた僕の顔写真が占め、下半分には出身校や住所などの個人情報といった僕に関するデータが列記され、そして、最下部にはキャンパスを歩く僕と顔写真の僕が同一人物である確率が載っていた。96%。

「二年前、大学は学内五二ヶ所に防犯カメラを設置した。俺はそのシステムに入り込んでデータをいただいてる。まぁそれだけじゃなく、他にも色々といただいてるけどな。ただし、おまえが今見てる顔貌認識ソフトは俺がプログラムを書いたオリジナルだ。ちょっと待て」

志田はあからさまにうろたえた。「最悪俺のことを殴ってもいいから、そいつを壊すのはやめてくれ。長いつきあいの相棒なんだよ」

さすがに目ざとい。あと五秒遅れてたら僕は本当にラップトップを地面に叩きつけていただろう。志田が僕に向かって手を差し出した。僕は返さずに、訊いた。

「北澤はおまえが大学からデータをかっぱらってることを知って脅そうとした。そうだな?」

「まぁそういうことだな」

「いくら要求された」

「一〇〇〇万」

「それで?」

「あいつを切るつもりで集めてたネタを逆に突きつけてやった。あいつはションベンをちびるぐらいびびって、泣きを入れてきた。二度と俺の視界に入ってこないことを誓わせて許してやった」

「許してもらった人間がなんで下手したら殺されるなんて言う」

「勢いで俺を脅したはいいが、あとになって自分がしでかしたことのやばさに気づいたんだろ。勝手にびびったんだよ」

志田は再び手を差し出し、ラップトップの返却を促した。僕は返す代わりに強い視線を送った。志田は小さく舌打ちをして言った。

「そのソフトは警察庁に売りつけ済みで、近々防衛庁にも買ってもらうことになってる。あいつが何を喋ろうが誰も信用なんかしないだろうが、念のためにクソを漏らすぐらいびびらしとこうと思ってな、もし余計なことを喋ったら俺だけじゃなく国家も敵にまわすことになる、ってかましておいた。それが効いたんだろ」

「北澤が金を必要とした理由は？　得意の透視能力で調べてあるんだろ」

志田はさっきより強い意思を込めて手を差し出した。僕は少しだけ迷ったあと、ラップトップを志田の胸にぶつけて返した。志田はわずかに唇を歪めながら受け取ると、あっという間にキーボードを叩き終え、今度は渡さずに顔の前に掲げてディスプレイを僕に向け、作業の結果を見せた。僕は映っている写真を見てすぐに手を伸ばし、ラップトップの蓋を閉じた。代わりに下卑た笑みを浮かべる志田の顔が現れた。殴って顔を歪ませてやりたかったが、相手に合わせてならず者になる必要はなかった。現時点では。

「あいつのパソコンの中にあった写真だ。写ってたかわいい子ちゃんは承徳の一年生だ」志田は女子短大の名前を挙げた。「二ヶ月前までうちに所属してた。やめた理由はわかるよな」

写真の中の全裸の彼女は完全に脱力し、意識を失っているように見えた。北澤に酒か薬物を、もしくはその両方を飲まされたのかもしれない。志田が続けた。

「たいていの女はなかったことにするし、文句を言ってきても写真を見せられたら泣き寝入りするんだが、かわい子ちゃんは違った。三流体育大学で柔道をやってる兄貴に打ち明けた。脳みそが筋肉でできてる兄貴は知り合いのやくざと一緒にあいつを脅して慰謝料を要求した」

「その額が一〇〇〇万てわけか」

「あいつはどうにか金をかき集めようとしたみたいだが、無理だった。で、俺を脅すことにしてそれにも失敗したら、事情を話して金を貸してくれって泣きを入れてきた。あいつがもうちょっとまともだったら俺のやり方で助けてやってもよかったんだが、壊れかけだったたからな。だいたい脅迫されて素直に金を払おうとしてる時点でまるっきり先が見えてないポンコツってことだしな」

「おまえが追い返したのはいつだ」

「10月19日」

「そのあとのことを教えろ。当然監視してたんだろ」

「俺に切られてすぐさっきの連中にすり寄って売人を始めた。初めから売り上げを持ち逃げするつもりだったんだろうな。二週間前に決行して、それ以降俺の網には引っかからなくなった」

志田は僕の沈黙に対して大袈裟に肩をすくめた。

「ここまでネタを割って、あのクズのことだけ嘘をつき続ける理由があったら教えてくれ。多分あいつは今頃海の底か山の中にいるよ」

僕が睨んでも志田はまったく悪びれもせずに言葉を続けた。

「あいつがコレクションしてた残りの写真も見るか？　あいつは自分と同じようなクズとつるんで、やった女の数を競うゲームをやってた。週に一度証拠写真を見せ合って勝者を決める。賞品はキングと呼ばれる名誉のみ。あいつはゲームを始めてからずっとキングの座にいた。その分恨みも買ってただろう。あいつが殺されてたとしても俺は全然驚かないね」

「北澤がつるんでた連中から情報は取ってないのか」

「おまえが現れてすぐに全員のパソコンをチェックした。あいつと連絡が取れなくなったことで、みんなパニクってる。一斉に証拠写真を削除して、しばらくはいい子でいようってチャットで誓い合ってた」志田は眉根を寄せ、困ったような笑みを浮かべた。「しばらくはってところが頭悪過ぎて最高だろ。なんにせよ、クズ連中があいつの居場所を知らないのは間違いない」

「写真の子のデータをよこせ」

志田は素直にキーボードを叩き始め、作業をしつつ訊いた。

「データを送るからメアドを教えろ」

「教えるわけないだろ」

志田は束の間指を止め、けらけらと笑った。

「それが正解だよ」

「どうやってサークルの連中のパソコンに入り込んでる」

「サークルに入る時に書かせたメアドに添付ファイル付きのメールを送るだけだ。ファイルは会員規約で、読まないと正式入会できない仕組みになってる」

「ウイルスが入会特典てわけか」

「まぁそういうことだな。うちのサークルに入るような浮かれた連中のパソコンには他人のメアドがたっぷり収まってる。うちの人数は約六〇〇人だ。中には他の大学の連中もいる。それがどういうことかわかるだろ。うちの大学だけでも、俺は教職員も含めてほぼすべての人間のパソコンに入り込める。例外はおまえみたいな奴と、パソコンを買えない貧乏人ぐらいだ」と志田は言って、目に笑みを含ませた。

「なんのために覗きをやってる。もしかしてそういう病気か？」

志田は堪えるふうもなく束の間僕を見つめたあと、ラップトップを左手に持ち、右手でヒップポケットから携帯電話を抜き出した。そして、両手を軽く前に掲げた。

「ほとんどの人間にとってこいつらは必要ないし、実際なくなったところでなんの問題もなく生きていけるだろう。でも、これから先、使い手のニーズになんか関係なくこいつらはどんどん進化して便利になってく。なんでかわかるか？」

僕は応えず、ただ視線を返した。ラップトップの蓋にぶら下がっている猿人がやけに存在を主張して目の中に入ってこようとしていた。

「データを集めやすくするためだよ。持ち主は便利なこいつらに依存してあらゆる個人情報を打ち込むようになる。もしくは社会の仕組みがそう仕向けてくる。で、自分だけのもののはずだった個人情報はいつの間にか世論や市場をコントロールしたい連中にこっそり吸い上げられ、分析され、利用される。検索サイトが善意で運営されてると思い込んでるようなおめでたい連中はそいつらに管理されて搾り取られる」

「おまえにとって学生たちはただのサンプルデータってわけか」

「俺がなんで学内のドラッグを掃除してるかわかるか？　俺が欲しいのはまともで従順な人間たちのデータだ。外の世界とずれちゃ困るんだよ」

「おまえが欲しいのは権力か？　金か？」

「金に決まってるだろ」志田は即答した。呆れたような声だった。「今でさえ落ち目なのにこっから先人口もすかすかで行き詰まってくジジババだらけのこの国で権力を握ってどうするよ。ものが見えて頭のいい連中はこんな国に見切りをつけて生き残るためにもうとっくに動き出してるよ」

「管理して搾り取るためにか」

「おまえ、生徒会長かなんかやってただろ」と志田は言って唇の端で笑い、携帯電話をヒップポケットに戻した。「俺はさっきの顔貌認識ソフトを書き上げるために五千時間を使った。それで今のところ億単位の金を手にしてる。踊らされて搾り取られる連中はラーメン屋の行列に並んだりくだらないゲームをやったりして五千時間を使ってる。その違いだよ」

「そんなに金を集めてどうする。子供の頃におもちゃを買ってもらえなかったトラウマでも晴らしたいのか？」

志田はふっと真顔に戻り、すぐには応えなかったが、仕方ないといったように小さく息をついてから話し始めた。

「俺の親父は区役所に勤めてた。おまえも公務員になれ、が親父の口癖で、ガキの頃から死ぬほど聞かされたよ。中学に上がってすぐの頃に公務員を目指さなきゃならない理由を親父に訊いたら、こう言われた。生活が安定するし、住宅ローンの審査も通りやすい」志田は小さく鼻を鳴らして、続けた。「親父は貧乏な農家の三男坊で大学に行くにも奨学金て名前の借金を背負わなくちゃならなかった。そんな人間が月給取り以外の職業を目指すと思うか？

で、親父は俺が高一の時に肺癌にかかって、生まれてから一度も楽しいことがなかったみたいな顔であっという間に死んでった。心残りはちっぽけな家の住宅ローンを払い終えずに死んだことだろうな、きっと。『マトリックス』は見たか？」

　僕は首を横に振った。志田はかすかに眉をひそめた。

「いい映画だぞ。近未来ではコンピューターが世界を支配してて、人間は使い捨て可能な動力源として産み落とされ生かされてるって話だ。見たのは親父が死んですぐの頃だったが、俺には絵空事とは思えなかった。親父は模範的な国民として表彰されるような人生を送ったが、借金を背負って死んだ。長生きしたところで借金を返し終えるまでは人生をめいっぱい楽しむことなんてできなかったろう。結局親父は人生の半分以上を借金ていう足枷をつけて生きなきゃならなかった。それは仕方ないことか？　大学に進み、まともな社会人になり、家庭を持ち、子供を生んで、家を買ったのが悪いのか？　俺たちを取り囲んでる社会の仕組みそのものが間違ってるんじゃないのか？　親父が死んでからずっと頭を離れなかった問いに『マトリックス』が答えをくれたよ。親父は動力源だったんだ。奴らは長い時間をかけて俺たちを教育して、企みが隠された社会に迎合させ、家庭を持たせ、子供を産ませ、家を買わせ、どこにも逃げられないようにして動力を奪い取るんだ」志田は自嘲の色のついた笑みをふっと浮かべた。「奴らなんて言い方、陰謀論好きの中坊みたいだな。要はすでに持っている連中のことだ。とにかく、映画を見終わった時、心に誓ったよ。絶対に親父のような人生を送るもんかってな。俺にはプログラミングの才能があるから高卒でも何不自由なく生きていけたが、あえて奨学金を背負って大学に入った。俺が親父じゃないことを証明するためにな。金はそのためのツールで、クソッタレのシステムから逃げ出すための自由の象徴でもある。いくらあっても足らないね」

ふと、マネーとペニスは世界を渡り歩くための普遍的な武器だ、と言っていた僕の親友の顔が思い浮かんだ。その顔にはとろけるような笑みが浮かんでいた。怒りに任せて続けていた会話だったが、親友にたしなめられている気がした。確かに、今の僕には他にすべきことがあった。目ざとい志田は潮目を感じたのか、ラップトップのディスプレイを僕に向けた。ESSCの入会届が映っていて、名前の欄には佐久間友希と記されていた。胸の中で電話番号と住所を何度も暗誦した。志田はラップトップの蓋を閉じて後部座席に放り込み、ドアを閉めた。そして、運転席のドアを開け、僕を見た。僕は動かなかった。志田は、勝手にしろ、と少し拗ねたように言って、車に乗り込もうとした。北澤の親友は、と僕が話し出すと、志田は動きを止めた。

「高校までの北澤と今の北澤がまるっきり違う人間みたいだって言ってた。どんな呪いをかけたんだ？」

最後にどうしても訊いておきたいことだった。志田は、呪いか、とつぶやいて、唇の端に不敵な笑みのかけらを浮かべた。

「大学に入ってようやく自由を得たと勘違いしてる連中は自分探しを始めようとする。受験を勝ってきた万能感で自分はなんにでもなれると思ってるが、そもそもなりたいもんなんてないことにすぐに気づく。そっから先、どうすればいいかもわからない。生まれてからずっと他人から与えられた問いを答えるために生きてきて、自分の頭で問いを立てて答えを出すことに慣れてないからな。たいていの連中はそこで諦めて就職までの時間をただ享楽的に過ごそうとするんだが、中には足掻こうとする連中もいる。そんな連中にアイデンティティを与えてやるんだよ。努力も要らずすぐに獲得できる強力なやつだ」志田は束の間の沈黙を置き、続けた。「おまえは男だろ。男らしく生きろ。男らしさを見せつけてやれ。男だったらなんだってやれる。言っててアホらしくなるんだが何も持ってない連中には響く言葉らしくてな、案外簡単に盛り上がって無茶をし始める」

「そんなことをして、おまえになんの得がある」

「学内のデータを買ってくれてる広告代理店から、今年の頭に無党派層予備軍のノンポリ男子学生を手っ取り早く与党支持者に変えるための実験をやってくれって依頼があったんだよ。もちろん発注元は与党だ。まぁ実験て言っても、男ってアイデンティティに引っかかった連中に代理店が用意した保守的な日本礼賛の記事と動画をメールに貼りつけて送り続けるだけのことだ。要するに洗脳だな。で、そいつらが二十歳になった時に支持政党のチェックをしてみるってわけさ。北澤は実験のサンプル第一号だった。予定では立派な日本男児になるはずだったんだが、その前に立派なレイプ魔になっちまったよ。初めは女の目もまともに見れないような腰抜けだったから、俺にとってもまさかの展開だった。あいつの中にそういうスイッチが隠れてたとはさすがに見抜けなかったよ」

「いくらで北澤を売り飛ばした」どうにか怒りを抑えながら、言った。

「金はもらってない。その代わり、代理店からは有意義な情報をたくさんいただいてるよ。最近じゃ発売前の商品情報を基に株を買って一億儲けた」

もう話すことはなかった。僕が踵を返そうとすると、志田は引き止めるように言った。

「俺はきっかけをちらつかせただけだ。直接スイッチを押したわけじゃない」

その通りだ。その通りかもしれない。でも。

「俺ならほっとけないと思った人間を売り飛ばすような真似はしない。絶対に」

志田の眉間にふいに濃い影が差した。僕は踵を返し、正門の方向へと歩き出した。五メートルほど進んだ時、背中に志田の声がぶつかってきた。

「大学が防犯カメラを設置したわけを知ってるか？」

立ち止まらなかった。

「おまえたちの襲撃がきっかけだよ」

足が止まりかけたが、どうにか動かした。

「おまえは大学から自由の一部を奪ったんだ」

だからなんだ？

「おまえが直接スイッチを押したわけじゃないけどな」

負け惜しみを言うな。

「また楽しく語り合おうぜ、生徒会長」

13

キャンパスから最寄り駅までの道を、電話ボックスを探しながら足早に歩いた。ない交ぜになった怒りが頭を熱くしていて、やっと憶えた佐久間友希のデータが今にも蒸発してしまいそうだった。一五分ほど歩いてようやく電話ボックスを見つけ、急いで電話をかけた。佐久間です、という落ち着いた女の声を聞いて胸の中で息をつき、友希さんいらっしゃいますか、と訊いた。

「どちら様ですか」声に少しの険が加わっていた。

「南方と言います」

「どちらの？」

佐久間友希の母親と思しきこの人物は、娘に起こった出来事を知っているか、もしくは娘につきまとう男たちの行儀の悪さにうんざりしているかのどちらかに違いなかった。

「大学のサークルで知り合った者です」

明らかになんらかの意味のある短い沈黙のあとに聞こえてきたのは、冷たい声だった。

「まだ戻ってません」

「わかりました。かけ直します」

けっこうです、と言わんばかりに電話が唐突に切られた。

電話ボックスから最寄り駅まで三〇分かかった。駅のホームに立った頃には怒りはだいぶ収まっていたが、気が治まったわけではなかった。五分ほど待つと電車がホームに滑り込んできた。車内は空いていたが、シートには座らなかった。一旦腰を下ろしたら気力が抜け出し、立ち上がるのが億劫になる気がしたのだ。ようやく具体的な道標が示されたのだ。行き先に輝かしいゴールが待っているとは到底思えなかったが、見捨てられてしまった北澤のために今はただ前に進むしかなかった。内省や反省はすべてが終わってからでいい。

うんざりするほど電車を乗り換え、一時間かかってようやく上井草駅に着いた。七時過ぎの空にはまだ真円になりきれていない月が浮かび、どうにか闇を蹴散らそうとがんばっていた。

切符売り場のそばにある公衆電話で、再び佐久間家に電話をかけた。まだ戻ってません。今度は声に警戒するような響きが含まれていた。一〇秒も経たずに電話を切られたあと、受話器をゆっくりと戻しながら、次の一手の選択肢を頭の中で並べた。すぐに一つを選び、下り方面のホームにくっついている改札口の近くに移動した。佐久間友希が本当にまだ帰宅せず、かつ交通手段に電車を利用しているなら多分この改札口に現れるはずだった。ここから五分ほどの場所にある家の近くで待ち伏せるのが一番確実だったが、被害者のプライバシーにこれ以上立ち入るような真似はしたくなかった。ともあれ、佐久間友希が今夜友達の家に泊まらず、かつ車で帰宅しないことを祈りつつ、彼女の登場を待つしかなかった。改札口から二〇メートルも離れていない場所に交番があったが、ありがたいことに商店街の入口に接していて人通りも盛んで、待ち合わせのふりで改札口のそばに立っていても目をつけられることはないはずだった。

八時を過ぎたあたりから徐々に乗降客が減り始めた。電車が着くたびにまだかろうじて人混みと呼べるものができていたが、解消される時間も早くなっていた。商店街の店のいくつかはすでにシャッターを下ろしていた。念のために交番の死角になる駅舎の支柱の陰に立ってはいたが、これ以上人通りが減ると僕の存在は否応なく目につき始めるだろう。手ぶらというのも怪しさを増す要素だったが、昼間に大学を出る時にはまさか見知らぬ場所で張り込みをする羽目になるとは思ってもいなかったのだ。組んでいた腕を解き、持て余した両手をなんとなくヒップポケットに差し入れると、左手が存在を忘れていた紙片に触れた。結城から渡されたテレビ番組表を取り出して見るともなく見たあと、支柱の陰から出て公衆電話に向かった。思いつきの行動で、有益な情報にたどり着けるとも思えなかったが、じっとして時間を浪費しているのに耐えられなかったのだ。そして、昔の知り合いに電話をかけてあるお願い事をし、再び支柱の陰に戻ると、改札口のすぐそばに体格の良い若い男が現れた。身長は僕と同じぐらいだったが、体重差は二〇キロ近くあるだろう。腕も脚も胸板も首も分厚く、耳はギョウザだった。柔道かレスリングをやっていることは間違いないが、流れからすると多分柔道だろう。現状では家に電話をかけるしかなかったのだが、結果は最悪と言って良かった。話し合いで済まない場合は、どちらかがシリアスな怪我を負うことになるだろう。

電車の到着を告げるアナウンスが構内から聞こえてきた。改札口をまっすぐに見ていたギョウザ耳が、ふと僕のほうに視線を向けた。野生の勘という言葉がぴったりとくるいかつい顔だった。何を取り繕っても手遅れだったので、僕はまっすぐに見つめ返した。ギョウザ耳の唇の端っこが小さく痙攣した。僕の耳には、ガルルルル、という猛犬の唸り声が聞こえていた。ギョウザ耳がゆっくりと、だが敢然と僕に向かってきた。僕は支柱を背負わないように半歩分だけ横に移動した。ギョウザ耳があと一メートルまで近づいた時、僕は手のひらを相手に向けながら縮めた両腕を胸のあたりまで上げた。ギョウザ耳が反射的に足を止めた。距離は五〇センチ。殴り合いをするには充分だった。

「後ろに交番がある」僕は両手を下ろし、できるだけ穏やかに言った。「ここで暴れたら間違いなく俺たちは引っ張られる。そうなったら俺は事情を詳しく話さなくちゃならない。それは避けたい。言ってること、わかるか?」

脅すような真似はしたくなかったが、仕方がない。ギョウザ耳は僕を睨みつけたまま短く思案したあと、吊り上がっていた眉尻をほんの少しだけ下げた。脳みそが筋肉でできていると聞いていたが、思いのほか柔らかくて質の良い筋肉なのかもしれない。

「おまえが南方か」

頷いて、言った。

「聞きたいことがある。本当のことを答えてくれたら、俺は二度とあんたと妹さんの前に姿を現さない」

改札口から利用客が次々と吐き出されてきた。

「何を聞きたい」

お兄ちゃん、と呼ぶ声がギョウザ耳の背後から聞こえた。ギョウザ耳が半身を捻って振り返ると、佐久間友希の顔が現れた。恐怖と不安で曇った瞳が僕に向けられていた。今すぐにでも回れ右して姿を消してやりたかったが、この兄妹が北澤を海の底か山の中に追い込んだ可能性がある限り、そうもいかなかった。

「知ってる奴か?」

ギョウザ耳の問いかけに、佐久間友希は首を横に振った。

「俺は北澤と同じ大学の学生です」僕は佐久間友希に向かって言った。「でも、北澤とは知り合いでもなんでもありません。ちょっとした事情があって北澤の行方を捜してるだけです」

佐久間友希がすがるようにギョウザ耳を見た。ギョウザ耳が、大丈夫だ、と言うように妹の肩に優しく手を置いた時、僕たちのそばを年配の警官が通り過ぎていった。目には怪訝な色が浮かんでいた。ギョウザ耳は妹の耳に口を近づけ、何事かを囁いた。佐久間友希はすぐに首を強く横に振った。ギョウザ耳は小さくため息をつくと、僕を見て言った。

「ついてこい」


駅からすぐの場所にラグビー場があり、その前の幅広な道は一方が行き止まりになっていて、車や人の往来はまったくなかった。

ギョウザ耳は道を半分ほど行った場所で足を止め、振り返った。隣を歩いていた佐久間友希も同様に僕を見た。兄妹の二メートルほど後ろについて歩いていた僕は、同じ距離を保って立ち止まった。ラグビー場の照明のお陰であたりは明るく、兄妹の姿がはっきりと見えた。

「で、あのクソ野郎がどうしたって?」ギョウザ耳が口火を切った。

「いなくなった。行方に関して何か知ってるなら教えて欲しい」

ラグビー場の練習のかけ声が絶え間なく周囲に響いていて、僕たちの声が目立つことはなかった。

「知らねぇな」

「一〇〇〇万は手に入れたのか?」

ギョウザ耳の目つきが一気に険しくなった。僕は続けた。

「やくざの先輩は元気か?」

「おまえ、むかつくな」

そう言って動き出そうとしたギョウザ耳の腕を佐久間友希が咄嗟に摑んで引き留めた。そして、きっとした視線を僕に向けて言った。

「お金は受け取ってません。あいつを懲らしめようと思っただけで、初めから受け取るつもりはありませんでした。やくざの先輩というのも嘘で、兄の友人になりすましてもらっただけです」

僕を見つめる目には涙が浮かんでいるように見えた。僕は佐久間友希から視線を逸らし、ギョウザ耳を見た。ギョウザ耳は息を吐いて肩の力を抜いた。

「本当だよ。全部俺が考えたあらすじで、妹は関係ない。警察にチクるつもりなら俺とあのクソ野郎との揉め事ってことにして、妹のことは黙っといてくれ」

「チクるつもりはない。俺は北澤の行方が知りたいだけだ。北澤と最後にコンタクトを取ったのはいつだ？」

「文化の日の前日だ。あいつの家の前で待ち伏せて、一週間以内に金を用意しないとおまえの家族もさらって埋めてやるって脅してやった。あのクソ野郎はマジでびびってたよ。そっから先は連絡がつかなくなって、妹にももう充分だって止められたから何もしてない」

「本当です」佐久間友希は強い意思のこもった声で言った。「本当にもういいんです。ほんの少しでもあんなやつに気を許した私も悪いんです。忘れますから、私たちのことはもうほっといてください」

佐久間友希の目にあった涙はまだ消え残る怒りで乾いたようだった。兄妹が嘘をついているとは思えなかった。言葉通り、妹思いの兄が暴走してしまっただけのことだろう。

「君は悪くない」

僕が佐久間友希にかけることのできる精一杯の慰めの言葉だった。佐久間友希は小さく息をついた。目に再び涙が浮かんだように見えた。僕はギョウザ耳を見て、言った。

「約束通り、二度とあんたたちの前に姿を現さない」

「いや、あのクソ野郎が死んでたら連絡をくれ」ギョウザ耳は真剣だった。「妹と祝杯を上げたいからな」

佐久間友希がどんな表情を浮かべているか見てみたい衝動に駆られたが、視線を向けることなく踵を返し、駅に向かって歩き出した。涙の浮かぶ目が背中を追っている気がして落ち着かなかった。一歩進むごとにラグビー場の照明の恩恵から遠ざかり、足下が暗くなっていった。先行きの暗示としか思えなかった。

14

電車の乗り継ぎがうまくいき、最短時間で大学に到着できたが、図書館はすでに閉まっていた。閉館の一〇時を五分だけ過ぎていた。家や愛車の鍵はデイパックの中だった。そして、デイパックは館内のロッカーの中。アプローチの石段に腰かけ、明日の朝までどう過ごすかをぼんやり考えていると、裏手からカツカツという靴音が聞こえてきた。体を乗り出して視線をそちらに向けると、女神がこちらにやってきているのが見えた。僕は素早く腰を上げ、女神の前に立ちはだかった。女神は足を止め、訝しげにこちらを見つめた。暗がりでも眉間に深い深い縦皺が刻まれているのがはっきりと見えた。

「すいません」と僕は言った。「驚かせるつもりはなかったんです」

美人司書はすぐに僕を認識したが、縦皺が消えることはなかった。

「なんなの？　なんの用？」

明らかに不審者扱いで心外だったが、今は贅沢を言っていられなかった。僕は事情を話し、デイパックの回収をお願いした。美人司書は大きく舌打ちをして夜のしじまを乱したあと、パスコード、とめんどくさそうに言った。僕は、０６１４、と告げた。

一〇分もかからずに、デイパックとの再会を果たした。助かりました、と美人司書に礼を言った。

「なんの数字？」

「は？」

「０６１４」

「チェ・ゲバラの誕生日です」

美人司書は鼻で笑った。誰の誕生日だとお気に召したんだろうか。

「普段はヒール付きの靴を履くんですね」

なんの気なしに僕がそう言うと、一瞬でマリアナ海溝並みの縦皺が現れた。

「もしかしてセクハラ？」

「とんでもないです」僕は慌てて言った。

「冗談」美人司書はふっと微笑んだ。「寄り道しないで帰るのよ」

女神の背中が小さくなるまで見送ったあと、愛車の待つ教職員専用駐車場に向かった。

疲れがかなりたまっていたが、めいっぱいの力でペダルを漕いだ。多少でもストレスが発散されるかと思ったが、疲労がさらに蓄積しただけだった。くたくたになって帰宅すると、結城のメッセージが電話の中で待っていた。大丈夫ですか、少し心配です。優しい言葉で気が抜けてしまい、そのままベッドに直行して寝てしまいたくなったが、がんばって受話器を持ち上げ、結城に電話をかけた。学食で別れて以降のことをざっと話した。志田との会話など、細かい事柄はすっ飛ばした。

「君を大変なことに巻き込んでしまったみたいだね」結城は申し訳なさそうに言った。

「大丈夫。これぐらいのことなら慣れてるから。それより、やっと道が開けたと思ったら結局は行き止まりだった。北澤君がいなくなった原因は、間違いなく女がらみだと思う。でも、被害者を捜し出してあれこれ聞き出すなんて真似は僕にはできない。こっから先で僕にできるのは北澤君の家に通って家族の誰かが戻ってるかどうかを確認することだけだ」

短い沈黙が流れたあと、結城が言った。

「明後日が君と初めて話してからちょうど一週間だ。それまでにこれ以上の進展がない場合は警察に行くよ。たった二日のことかもしれないけど、今日一日で予想もつかないような展開があったし、それがあと二日のあいだにまた起こらないとは限らないだろ？　これ以上君に負担をかけるのは心苦しいけど、もう少しだけ動いてみてくれないかな」

「これ以上進んでも、見つかるのは君の見たくないものだけだと思うよ。それでもいいのかい」

「構わない」

「わかった。やれることはすべてやってみるよ」

「ありがとう」

シャワーを浴びるために裸になると、体のあちこちに青黒い痣ができているのがわかった。腰を捻ってみると右の脇腹に鈍い痛みを感じたが、肋骨は折れていないようだった。今日一日で溜まった澱を洗い落とそうと熱い水に打たれたが、無駄だった。目を閉じるたびに、咎めるような目つきで僕を見つめる佐久間友希が現れた。

午前一時を過ぎた頃、ようやくベッドにたどり着けた。どんなに眠かろうがストレッチをしておかないと起きた時に後悔するに決まっていたが、体を動かす気力はもう残っていなかった。最後の力を振り絞って時計のアラームを八時に合わせたあと、ふっと意識が途絶えた。

アラームが僕の肩を強く揺すった。時計を引っぱたいてアラームを止め、目を開けた。夢を見ない深い眠りだったせいで、七時間を一瞬でワープしたような感覚だった。もしくは、死から突然蘇ったような。恐る恐る体を動かすと、案の定全身の筋肉に硬いワイヤーが張り巡らされていた。ベッドからよろよろと這い出てベランダに出た。一時間近くをかけてゆっくりと体をほぐし、ワイヤーを取り外した。

コーヒーとサラダだけの朝食を済ませ、一〇時に家を出た。愛車を駆って自由が丘に着いた。一一時一〇分前。駅近くの駐輪場に愛車を停め、そこからすぐのビルの二階にある小さなカフェに入った。老婆と呼んでいい年恰好の客が一人だけ窓際の席に座っていた。僕は一番奥の四人掛けの席に座り、コーヒーを頼んだ。一一時一五分になり、カップの底が見え始めた時、店のドアが開いて昨夜の張り込みの際に電話をした昔の知り合いが入ってきた。白いブラウスの上に黒いニットベスト、それに黒いデニムパンツ。会うのは半年ぶりだったが、さらに艶やかさを増したようだった。ずっと窓の外を眺めていた老婆も思わず視線を向けるほどだった。

吉村恭子は肩にかけていた白いトートバッグを隣の席にドスンという感じで乱暴に置いたあと、僕の向かいの席に腰を下ろした。

「こんにちは」

僕がそう挨拶しても、返事はなかった。僕は高校時代に目の前に座る不機嫌を絵に描いたような女のボディガード役を務めたことがあった。ストーカーにつきまとわれ、恐怖で震えていた女子大生の頃の可憐さは今は微塵もなかった。女の店員が水を持ってやってくると、吉村恭子は瞬時に薄い微笑みを浮かべ、柔らかい声でコーヒーをオーダーした。僕が非難めいた視線を向けると、文句あんの、という視線でカウンターを食らった。

「近くで仕事だったんですか」と僕は訊いた。

「食レポ。ハンバーガーを食べて、おいしいって言うだけの間抜けな仕事」

吉村恭子はテレビ局のアナウンサーで、新人なのにすでに多くのファンがついている人気者らしいが、テレビを見ない僕にとっては昔の知り合いでしかなかった。

「この世界に価値のない仕事はないです、なんてつまんないこと言ったら、引っぱたくからね」

「言うと思います？」

ようやく吉村恭子が笑みを向けてくれた。コーヒーが届き、吉村恭子がカップにそっと口をつけた。テレビ局に入ってから何度か会っているが、会うたびに不機嫌さが増していてさすがに心配になるレベルだった。一度理由を尋ねてみると、もっとちゃんとしてると思ったの、という言葉だけが返ってきた。今はアナウンス部から社会部への異動願いを出しているみたいだが、上司に取り合ってもらえないらしい。

「みんな、どうしてる？　元気？」吉村恭子は笑みをかすかに残したまま、訊いた。

「元気でやってるみたいです」と僕は嘘をついた。

吉村恭子は束の間僕をじっと見つめたあと、トートバッグに手を伸ばし、中から小さな手提げ袋を取り出して僕の前に置いた。

「ありがとうございます。急がせちゃってすいませんでした」

「もしかしてトラブルに巻き込まれてる？」

「まぁそんな感じです」

「どんな？」

僕が言い淀むと、矢のような視線が飛んできた。

「人にものを頼んどいて理由も言わないわけ？」

圧に負けて、口を開いた。

「人捜しをしてるんです」

「犯罪がらみ？」

答えずにいると、吉村恭子は手提げ袋を取り、トートバッグに戻そうとした。

「ことが済んだら話します」と僕は慌てて言った。

手提げ袋が戻ってきた。吉村恭子は満足そうな表情でコーヒーに口をつけたあと、言った。

「前に会った時より、いい顔になってる。うらやましい」

「前の時はどんな顔してました？」

吉村恭子は腕を組み、僕を見据えながら言った。

「ある時、カッコつけたい誰かがこう言ったの。俺たち一人前になって成功するまで会うのよそうぜ、って。単細胞のあんたたちは、異議なしとか賛成とかやっほーとかその場の乗りで約束しちゃった。でも、多分あんたが、誰かに助けが必要な時だけはみんなで集まろうって提案して、ついでにあんたはこうも言った。何か困ったことがあったらいつでも俺のところに来てくれ、わかりやすいようにみんなで暴れた大学にいるから、って。で、あんたは受験して合格して大学に通い始めて、でも、実は大学に入ったのはみんなのためじゃなくて自分のためじゃないかって自己嫌悪に陥って、出欠のある授業に出るたびに自分の真面目さに落ち込んで、言い訳のために友達も作らないで、だから、いつも寂しそうでつまらなそうなそんな顔」

さすがにアナウンサーだった。流れる水のような淀みのない口調で僕が打ち明けたことのない事実を話してくれた。付け加えるなら、ヘルプはメールでも受けつけていて、僕はそのためだけに毎月プロバイダーに金を貢いでいた。

「僕の日記、読みました？」

「あんたたちの考えることぐらいお見通しよ。だいたいそんな事情がなけりゃあんたが永正になんて入るわけないし」

「正確には、ビッグになるまで会うのよそうぜ、です」

吉村恭子は楽しそうに声を上げて笑ったあと、最高、と言った。

「みんな寂しかったんだと思います。卒業後は社会に出るやつがほとんどで、みんなでまた暴れるどころか集まるのもしんどいってわかってて、だから、自然消滅するぐらいなら約束っていう形を残してきっぱりと別れたかったんじゃないかって。でも、このまま縁が切れるのも嫌で、誰かを助けるためならみんながもう一度集まりやすいと思って提案をしたけど、よく考えたらあいつらが助けを求めるわけないんです」

吉村恭子は右手の人差し指を水の入ったグラスに浸けて戻すと、僕に向かって振った。小さな水滴が僕の頬に当たった。

「ほら、また前の顔に戻ってる」

どうすれば今の顔に戻せるかわからず、試しに眉根を寄せてみると、吉村恭子にゲラゲラと笑われた。吉村恭子はすぐに真顔に戻って、訊いた。

「ところで、あたしは今どんな顔してる?」

本当のことを言ったら手提げ袋は二度と戻ってこない気がしたので、苦肉の策を繰り出すしかなかった。

「とても綺麗です」

吉村恭子はふっと鼻で笑い、今度は右手の人差し指と中指をグラスに浸けて振った。さっきの五倍ぐらいの水滴が僕の顔に当たった。

「そういうのいらないから」

「気をつけます」

コーヒーを奢ってもらい、店を出た。気をつけてね。そっちも気をつけて。そう声をかけ合って別れた。

愛車をピックアップし、北澤宅に向かった。一五分で着いた。相変わらずカーテンは閉まったままだし、枯れ葉も門扉に挟まったままだった。やれることはすべてやると宣言した手前、ここでおとなしく帰るわけにはいかなかった。周囲に人気がないのを確認して門扉を開けて敷地内に入り、ポストの蓋を開けた。三、四センチほどの束になって溜まっている郵便物の中から結城のメモを探した。見当たらなかった。ということは、少なくともメモが投函された11月8日、つまり先週の月曜日までは北澤家の誰かが家にいたのだ。ポストの蓋を閉めて敷地から出たあと、落ちた枯れ葉を拾って門扉の隙間に再び差し込んだ。

北澤が結城の家から姿を消したのは4日。僕が北澤家を初めて訪れたのは13日。その一〇日ほどのあいだに何かが起こり、北澤家の人々は全員姿を消したことになる。家族全員が一遍に殺されたか拉致された可能性もあったが、大学生の北澤とは違い、両親にはきちんと常識を備えた特定多数の同僚や知人友人がいるはずで、それらの人たちが音信不通の状態を放っておくとは思えなかった。でも、警察が動いている様子はない。多分、両親は生きていて、なんらかの事情で家に帰れないが、連絡を取ることはできる。それはいったいどんな状況だろう、とあれこれ推論を組み立ててがんばってはみたが、ぴったりくる結論を構築できないまま、大学にたどり着いた。途中、思考に集中し過ぎて二度も車に轢かれそうになった。

午後一時に図書館に入った。改めて昨夜の礼を言おうとまずは美人司書を探したが、見当たらなかった。一階の奥まった場所にある視聴覚コーナーに行き、空いていたブースに入った。ブースはパーテーションで区切られて半畳ほどの広さの個室仕様になっており、小さなデスクに椅子、一九インチの簡素なテレビモニターと再生専用のＤＶＤプレーヤー、それにオーバーイヤーのヘッドフォンが設置されていた。椅子に座って各機器の電源を入れたあと、デイパックの中からさっき受け取った手提げ袋を取り出した。中身は薄いプラスティックケースに収まったＤＶＤが七枚で、ＮＨＫ二局と民放五局の午後一一時台の番組がそれぞれに録画されていた。もちろん、放送日は11月3日。今これらの番組を見たところで無意味な映像の羅列にしか見えないのはわかっていたが、新たな手がかりが見つかった時にはなんらかの意味が生じて北澤のもとへと導いてくれる可能性があった。とにかく、やれることはすべてやる、しかないのだ、今のところは。ヘッドフォンを頭にかけ、まずはＮＨＫ総合のＤＶＤをプレーヤーに送り込んだ。

発情していないと人間ではないと言わんばかりの恋愛ドラマ、食卓での小粋な会話を教えるドイツ語講座、まるで戦意高揚を謳っているようなテンションのスポーツニュース、芸の無いタレントがはしゃいでいるだけのバラエティ、詐欺師みたいな口調で喋る金髪の大学助教授がコメンテーターを務めるニュース、女優が髪を切ったことを役作りと得意げに語っている対談番組、この先一〇年の日本経済を深刻に憂えている経済ニュース、などを見て七時間を過ごした。人生の貴重な時間が無駄になった。見始めて二時間ぐらいの頃に、このシーンが原因で北澤悠人君はいなくなりました、というテロップが画面に出てくれることを期待したが、もちろんそんな奇跡は起こらなかった。ちなみに、ドイツ語講座は少しだけためになった。CMは早送りをしたが、初めて見る矢野のビールのCMだけは速度を落として見た。矢野は歌い、踊り、そして、満面の笑みでビールを飲み干した。魂を売る、という言葉がぴったりとくるような三〇秒で、ひどくいたたまれない気持ちになった。一度手放した魂が再び戻ってくることはあるのだろうか。僕にはわからなかった。

ともあれ、どの番組もつまらないことはさておき、見ているところを目撃されて狼狽するような種類のものではなかった。やはり北澤は背後から突然声をかけられて驚いただけなのかもしれない。

八時三〇分に図書館を出て、愛車を池袋へと走らせた。昼と夜の食事を抜いていたのでペダルを漕ぐ脚にいまいち力がこもらなかった。九時一五分に駅の裏手にある有料の駐輪場に愛車を停め、そこからすぐの場所にあるデパートに向かった。

仕事を終えた従業員たちがデパート裏手の専用出入口からぞろぞろと出てきていた。守衛に名前と用件を告げて入構チェックが済み、デパートに入った。地下二階のバックヤードの隅っこで急いでつなぎの作業服に着替えたあと、階段を駆け上がって地下一階の惣菜売り場に行き、廃棄予定の弁当を二つ手に入れた。牛のしぐれ煮弁当と唐揚げ弁当。地下二階に戻る途中の階段に座り、牛のしぐれ煮弁当を食べた。おいしかった。一〇時五分前にバックヤードの集合場所で他の清掃員たちと合流し、週に一度の清掃アルバイトがスタートした。

生鮮食品売り場と惣菜売り場の二階分をくまなく清掃し、朝を迎えた。この数日で溜まった疲労が足を引っ張り、何度かひどい眠気に襲われたが、どうにか乗り切った。作業を終え、着替えを済まし、昨夜と同じ場所で冷え切った唐揚げ弁当を食べたあと、午前六時三〇分にデパートを出た。

まっすぐに帰れば三〇分もかからずにベッドに飛び込めたが、未練を断ち切って北澤宅に向かった。調査が終わる明日まではできるだけ通うつもりだった。ベストを尽くしたという言い訳を作るためにやっているのは自分でもわかっていたが、それでもやらないよりはましだった。早朝の冷たい空気が肌を刺し、眠気覚ましにちょうど良かった。

七時三〇分に着いた。枯れ葉が落ちていた。

15

心臓が速く激しく胸骨を打っていた。

念のために門扉の隙間を確かめた。枯れ葉はなくなっていた。

動悸を抑えるために深呼吸をした。窓を見ると、カーテンは引かれたままだった。反射的にインターフォンのボタンを押してから現在の時刻を思い出したが、もう遅かった。セールスマンじゃあるまいし、構うもんか。応答はなかった。もう一度、ボタンを押した。応答なし。またボタンに指を触れた時、一階の大きな窓のカーテンが小さく揺れたのがわかった。抑えきれない興奮を感じつつ、ボタンを押した。応答なし。門扉を開けて敷地に入り、短いアプローチを進んでドアの前に立った。威圧を感じさせないような柔らかいノックをした。コンコン。応答なし。コンコン。ドアの向こう側から小さな音が聞こえた。ノックをせずに待った。鍵の開く音がやけに大きく聞こえた。ドアがほんの少しだけ開いた。中を覗くために上半身を傾けた。隙間からは横断するチェーンと中年女性の顔半分が見えていた。不安が色濃く宿った目。

「なんでしょうか」かすかに震えた声だった。

「朝早くにすいません。僕は悠人君の友達です。急に連絡がつかなくなったんで、心配で来てみました。悠人君はいますか?」

束の間の沈黙が流れた。

「ご心配をおかけしました。悠人は大丈夫ですので、お帰りください」

ドアを閉じる気配があったので、右手を隙間に差し入れた。そして、顔を隙間に近づけ、低く小さな声で言った。

「僕はだいたいの事情を知っています。このままだと警察に行かなくちゃなりません。詳しい話を聞かせてください」

明らかに不審なこの対応を見れば、警察という言葉が脅しになるのはわかっていた。怯えている人間を脅すことに胸が痛んだが、仕方がなかった。返事を待っていると、突然隙間から中年女性の顔半分が消え、新たに中年男性のそれが現れた。目が血走っているように見えた。

「君は本当に学生か」声がうわずっていた。

左手でヒップポケットに入っていた財布を抜き出したあと、隙間から抜いた右手で財布の中の学生証を取り出し、中年男性の片目に近づけた。

ダメ押しのために言った。

「結城君も心配してます」

結城が投函したメモを見ているはずだし、それに、結城を知っている人間にとっては、彼の名前は保険証書の役割を果たすはずだった。片目がゆっくりと閉じられ、次に開いた時には幾分の落ち着きが目に宿っているように見えた。僕は学生証を財布にしまい、言った。

「詳しい話を聞かせてください。お願いします」

ドアがゆっくりと閉じられたあと、チェーンを外す音が聞こえ、再びドアが開いた。

一階のリビングダイニングに通された。北澤の両親は目に見えて憔悴していた。元々小柄なのか、それとも心労でしぼんだのかはわからないが、二人ともひどく小さく頼りなげに見えた。両親は僕と距離を取って対峙し、訝しげな視線を僕にぶつけていた。家に入れたのは警察という言葉と近所への体裁のお陰で、当然ながら僕が信用されたわけではなかった。ここからが本番だった。イントロを間違えるとすぐに不協和音が鳴って、あっという間にアンサンブルから追い出されてしまうだろう。

「二週間前に悠人君から相談に乗って欲しいと頼まれて待ち合わせ場所に行ったんですが、彼は現れませんでした。連絡もつかなくて、こちらに伺ってもずっとお留守だったので心配になって警察に行こうかどうか悩んでたところでした」

両親の反応を窺ったが、今のところ疑念や拒絶反応は表れていなかった。それより、嘘をついている僕の罪悪感は顔に表れていないだろうか。

「悠人君からだいたいの話は聞いてます」ここから先は賭けだった。のるかそるか。「悠人君は誰に監禁されてるんですか?」

両親からの反駁はなかった。その気配もなかった。北澤の父親は深い深いため息をついた。

それに合わせるように母親がゆっくり目を閉じると、突然平衡感覚を失って倒れかけた。僕は咄嗟に動いて母親の両肩を支え、そのままダイニングテーブルへと導き、椅子に座らせた。すいません、という母親のか細い声が僕の罪悪感をさらに膨らませたが、もう後戻りはできない。僕は父親に向き直って、言った。

「お話を伺ったあとに、警察に行くかどうか決めようと思います」


11月5日。金曜日。

夜の九時にインターフォンのチャイムが鳴った時、北澤の父親は書斎でパソコンに向かい、母親はキッチンで洗い物をしていた。遅い時間の来客はこれまでほとんどなく、母親は昨日から帰宅していない息子が家の鍵を失くしたのかと思いながら、受話器を取った。

「どちら様ですか」

「名乗るほどの者ではないです」やけに落ち着いた男の声だった。「息子さんのことで話がありましてね。中に入れてもらえますか」

母親が戸惑っていると、男は続けた。

「このまま話してたらご近所さんに迷惑ですよ。声が響いてるからね」

男の口調には有無を言わせない響きが含まれていた。

「少しお待ちください」

母親は受話器を置くと、慌てて書斎に行き、夫に状況を告げた。

二人は仕方なく男を玄関に招き入れた。紺のスーツに白いシャツという恰好だったが、四〇がらみのその男が堅気でないことはすぐにわかった。目つきが異様に鋭く、右の耳たぶがなかった。

「お宅の息子さんが、うちが大切にしてる取引先の大事なお客さんを脅迫しましてね」

あまりに唐突な展開に、二人は戸惑うしかなかった。

「お客さんは非常にショックを受けて、仕事にも支障が出てるんですよ。だから、慰謝料と損害賠償をいただきたくてね」

二人の頭の中に、ぼんやりと恐喝という言葉が浮かんだ。

「突然のことでまだ理解が追いついていないんですが」父親はなんとか言葉を絞り出した。「まずは息子に話を聞いてからでないと、なんとも――」

耳たぶのない男がふいに懐に右手を差し入れたので、父親は反射的に言葉を止めてしまった。その時、母親は懐から取り出されたナイフで自分たちは殺されるのだと思った。しかし、懐から取り出されたのは息子の携帯電話で、耳たぶのない男は誰かに電話を繋いだあと、俺だ、とだけ言って、携帯電話を父親に渡した。父親が携帯電話を耳にあてると、すぐに息子のすすり泣く声が聞こえてきた。

「どうした？　何があった？」

父親の声を聞いて安堵したのか、息子はさらに激しく泣き始めた。泣き声の背後から、ちゃんと話せコラ、という凄みのある声が聞こえた。

「全部、僕が、悪いんだ」息子は泣き声を必死に収めながら、途切れ途切れに言った。「僕のせいで、迷惑をかけてしまった人がいて、お詫びを、しなくちゃならないんだ」

「一体何をしたんだ？」

「だから脅迫だって言ってんだろうが」耳たぶのない男の押し殺した声には暗い威圧が宿っていた。「何度も同じこと言わせるなよ」

「この人たちの言うとおりにしてくれないと、僕は殺されるかも」

「殺される？」

「大袈裟だな」耳たぶのない男はそう言って父親の手から携帯電話を奪い取り、電話を切った。「現金で五〇〇〇万円用意してください」

「そんなお金、ありません」父親は呆然としつつ、どうにか応えた。

「大事な息子さんがどうなってもいいんですか」

「どうにかしますから息子には手を出さないでください」

母親の懇願に、男は唇の端に冷たい笑みを浮かべることで応えた。

「一週間待ちます。それまでは息子さんを大切に預かっておきますよ。それと、警察には知り合いがたくさんいますからお宅が通報したらすぐにこっちに伝わるようになってます。その時は息子さんとは二度と会えないと思ってください」

母親の体が大きく震えた。

「ところで、私がわざわざ家まで来た理由がわかりますか？」

二人は完全に言葉を失っていて、耳たぶのない男の問いに答えることはできなかった。耳たぶのない男は構わず続けた。

「下見ですよ。燃えやすい家かどうか確認しにきたんです」

父親には耳たぶのない男の存在が剝き出しの暴力のように感じられた。そして、それにどうやっても抗えない恐怖と屈辱も。

耳たぶのない男は、また連絡します、と続け、踵を返してドアノブに手を触れたが、おもむろに振り返った。

「息子さんは何人もの女を強姦したそうだよ」時候の挨拶でもするような口ぶりだった。「最近の素人さんはたちが悪いね。とにかく、息子さんの将来のために色々と穏便に済ませましょうや」

耳たぶのない男が出て行っても、二人は玄関から動けず立ち尽くしていた。耳たぶのない男の言葉が嘘であると思いたかったが、そうでないことは直感でわかった。耳たぶのない男には良くも悪くも真実味があった。それに、母親は気づいていた。大学に入ってほんの数ヶ月のあいだに息子の顔から優しさが消えてしまったことを。その原因をこんな残酷な形で知らされたのだ。ふいに絶望に襲われ、母親の体は大きく震えた。

1186万2532円。

それが貯蓄のすべてだった。銀行の不動産担保ローンで残りの額の捻出を検討したが、住宅ローンの残高のせいで借りられないことがわかった。違法な金融業者からの借り入れも考えたが、息子が戻ってくるのと引き換えにすべてを失う可能性があり、二人は踏み切ることができなかった。

11月11日。木曜日。

午後九時、耳たぶのない男から電話があった。

「明日で一週間が経ちますが、どうなってますかね」

「まだ用意できていません」父親が応えた。

「困りましたね。息子さんがどうなってもいいんですか」

「五〇〇〇万なんて大金、すぐには用意できません」

短い沈黙が流れた。

「わかりました。あと一週間待ちましょう。それがタイムリミットですから。息子さんも限界みたいだし、死ぬ気でがんばってくださいよ」

「息子の声を聞かせてください」

数秒後、まずは息子の泣き声が聞こえてきた。続けて、ごめん、本当にごめん、と繰り返し謝る息子に怒りを感じこそすれ、憎むことはできなかった。

自力での金策は尽きていた。だから、二人は仕事やパートを休んで旅に出ることにした。各地に散らばる親戚を訪ねていき、借金を申し込むのだ。直に会って頭を下げれば無下に断られはしないだろう。

山口、鳥取、岡山をまわった。借金を頼めそうな親戚にはすべて当たり、東京に戻ってきたのが11月16日。つまり、昨夜のことだった。

借りられたのは六五〇万円。

眠りにつけずに17日の朝を迎えた。

期限はあと三日。

途方に暮れているところへ、僕が現れたというわけだ。


僕と両親はダイニングのテーブルにつき、向かい合っていた。

「話はよくわかりました」と僕は言った。「お二人はどうしたいんですか？」

話しているうちにさらに疲労困憊した父親は長いため息をついて、言った。

「先方にお願いして、今ある金額でどうにかしてもらうしかないと思ってます」

「たとえ要求額全額を支払ったとしても、そこで終わるわけがありませんよ。あなたたちが破滅するまで恐喝し続けるに決まってます」

「じゃ、どうすればいいんですか？」

「警察に行くという選択肢はありませんか？」

「そんな危険は冒せません」母親が即答した。

耳たぶのない男の言ったことははったりの可能性が高かったが、それを証明できない限り両親が一番無難な解決策を選ぶことはないだろう。

「わかりました。僕がなんとかします」

伏し目がちだった二人が、同時に僕を見つめた。

「どういうことでしょうか」と父親が訊いた。

「まずは悠人君を取り返します。そこから先のことは家族で決めてください」

二人の頭の上に浮かぶクエスチョンマークが見えた。

「悠人君を取り返しさえすれば、一旦ここから逃げることもできます。冷静に物事を考える余裕もできるでしょう。とにかく、相手の言うとおりにしては駄目です」

「どうやって取り返すんでしょうか」母親が不安げに訊いた。

「僕に考えがあります。任せてもらえませんか」

二人は戸惑っていた。当然だ。ついさっき現れたばかりの初対面の若造に息子の生殺与奪の権をそう簡単に委ねるわけがなかった。

「ちょっと待っててください。すぐに戻ってきます」

僕はそう言って、腰を上げた。

16

必死に愛車を走らせ、大学に着いたのは九時三五分だった。必修の憲法の授業はすでに始まっていた。毎週出欠を取るだけあって大教室は八割ほど埋まっていた。すり鉢の一番上から徐々に視線を下に流していき、結城の姿を探した。いた。通路の段差を下りて、中央の段床へ向かった。結城のいる列を通り過ぎ、席を探す振りをしながら教壇に向かって下りていった。今の僕は否応なく目立っているだろう。段差を下り切ってすぐに踵を返し、段差を上っていった。中央の段床に近づいた時、満員の列の真ん中に座る結城へと視線を向けると一瞬で目が合った。僕はそのまま段差を上り切り、教室を出た。一分も待たずに、結城が教室から出てきた。

「何かあった？」結城の声は少し上擦っていた。

北澤宅に向かう道すがら、今朝からの経緯を話した。北澤が生きていた安堵と北澤家の災厄に対する憂慮がない交ぜになり、結城は終始複雑な表情を浮かべていた。僕は北澤奪還の計画を話し、結城に協力を求めた。結城は迷うことなく了承してくれた。

「そのやくざの言ってることが本当なら、悠人は誰を脅迫したんだろう」電車の中で、結城が当然の疑問を口にした。「まさか志田が手をまわしたとか?」

「それはないね」

「どうして断言できる?」

「あいつはそういうタイプの人間じゃない」

「どういうこと?」

「自分の力に酔ってて、他人を思い通りに操るのを楽しんでる。やくざを使って自分の楽しみを削ぐわけがない。それに、追い込むにしても両親をここまで深刻に巻き込むような非情な真似はしないと思う」

結城は不服そうに眉根を寄せたが、僕は気にせず続けた。

「北澤君が一〇〇〇万を調達するために誰かを脅迫したのは間違いない。脅迫された人間は知り合いのやくざに対処を頼んだ。もしかしたら五〇〇〇万ていうのはヤクザのアドリブかもしれないけど、なんにせよ北澤君は触れてはいけないものに触れてしまった」

「一〇〇〇万が嘘だってわかったら、こんなことにはならなかったのに」

「北澤君があの子にひどいことをしなきゃ嘘をつかれることもなかった」

結城はかすかにうつむき、そうだね、と力なく応えた。

祐天寺駅で電車を降り、北澤宅へ向かった。僕たちを出迎えてくれた両親の顔は先ほどと変わらず曇りがちだったが、結城の登場で少しだけ晴れ間が見えた。結城は僕が信頼に足る人間であることを両親に告げ、奪還計画を了承するよう説得した。

「どういった計画かは詳しくは話せませんが、誰かが死んだりひどく傷ついたりするようなことは絶対にありません」と僕は言った。「南方君は子供の頃から特殊な訓練を受けているんです」と結城が言った。「絶対に信用して間違いないと思います」

どんな訓練なのかを訊かれたらどこかでぼろが出たはずだが、両親が問い詰めるようなことはなかった。結局、打つ手がなくなった今、藁だろうが僕だろうが摑まざるを得ないのだ。

それから一時間ほどかけて、両親とこれからの段取りについて話した。両親のサポート役と僕への連絡係も兼ねて、結城が明後日まで北澤宅に泊まり込むことになった。そのまま居残ることになった結城を置いて、北澤宅を出た。

電車を乗り継いで、まっすぐ家に帰った。これからのためにもきちんと睡眠を取っておかなくてはならない。シャワーを浴びて髪の隙間に染み込んでいる惣菜売り場の匂いを洗い流したかったが、眠気と疲労には勝てなかった。服を着たままベッドに倒れ込んだ。眠れなかった。さっきまでの興奮が頭の片隅で残り火のようにちろちろと燃えていた。本当に俺にできるだろうか。ふいに不安が頭をもたげた。重い体をなんとか持ち上げ、ベッドから下りた。二〇分ほど熱いシャワーを浴び、ベッドに戻った。失敗した時の責任は取れるのか？　ちくしょう、と言ってベッドから下り、服を着た。

小石川植物園に入って、あてもなく歩いた。この前りつがいたあずまやにたどり着き、べンチに座った。眠気は最高潮に達していたが、不安と弱気を抱えたまま眠りたくなかった。近くから子供たちのはしゃぐ声が聞こえてきた。四〇人ほどの幼稚園児の集団が徐々に近づいてきてすぐそばを通り過ぎていく時、園児たち全員が僕に向かって手を振ってくれた。僕も手を振り返した。ふと、みんなのことを思い出した。家に戻り、ベッドに入った。一瞬で眠りに落ちた。

午後四時過ぎに目を覚ました。起きてすぐに電話をチェックしたが、着信はなかった。顔を洗って残っていた眠気を払い、服を着替えた。億劫だったが大学に愛車を取りに行かなくてはならない。不測の事態に備えて機動力を確保しておきたかった。

大学に着いて西門から校内に入り、教職員専用駐車場に向かった。鉄柵と愛車を繋ぐチェーンロックを解いていると、背後に気配を感じて振り返った。

「よぉ、生徒会長」

無視をして作業を再開した。

「ずいぶんつれないな」志田は拗ねたように言った。「一緒にドラッグを追放した仲じゃないか」

チェーンロックを外し終え、志田と向き合った。

「なんの用だ」

「授業中に結城君と慌てて大学を出て行ったから、北澤の件でなんか進展があったのかと思ってね」

「お得なバーゲンセールに連れ出したんだよ」

「そうか。次は俺にも声をかけてくれよ」

「友人限定なんだよ。申し訳ないけど」

志田は小さく肩をすくめ、不満を表した。僕はチェーンロックをデイパックに入れ、帰り支度を始めた。

「どうしても赦せない奴がいる」唐突に志田が言った。「一度ひどく酔っ払った時、あいつがそう言ってた」

愛車のハンドルに伸ばしかけた手を止め、志田を見た。

「あいつが感情を出すのは珍しかった。俺の前ではいつもおどおどしてる子犬みたいだったからな。詳しくは話してくれなかったが、相当恨んでるみたいだった。俺の見立てでは、あいつが変わったのにはその赦せない奴が関係してる」

「散々焚きつけたおまえに責任はないってわけか」

「言い訳をしたかったわけじゃない。あいつを見つける手がかりになるかと思ってな。結城君が何か知ってるかもしれないから話し合ってみろ」

志田はそう言うとジーンズのポケットに手を差し込んで何かを取り出し、僕のほうへと放った。USBメモリだった。

「あいつのパソコンの使用履歴が入ってる。もしかしたらお宝が埋まってるかもしれないぞ」

僕がUSBメモリをつまんで軽く掲げると、志田は不敵な笑みを浮かべた。

「安心しろ。おまけはついてない。だいたいおまえのパソコンにはろくなもんが入ってないだろ。見なくてもわかるよ」

志田はそう言って顔から笑みを消し、踵を返した。


七時五分前に家に戻った。奪還計画のためにやらなくてはならないことがあったが、まだ時間が早過ぎた。ラップトップに電源を入れたあと、結城に電話をした。北澤宅にはなんの変化もなく、両親も今のところ落ち着いているようだった。志田から聞いた話を結城にぶつけたが、北澤の言う『赦せない奴』については思い当たらないようだった。

「志田の言ってることが本当なら、なんで僕にはそのことを話してくれなかったんだろう」

「近いからこそ話せないこともあるよ」

短い沈黙が流れ、そこには結城の失意が含まれていた。なんかあったらすぐに連絡をくれ、と伝えて電話を切った。

ラップトップはとっくに支度を終え、退屈そうにしていた。まずはメールをチェックした。ゼロ。志田からもらったUSBメモリを躊躇なくポートに差し込んだ。志田の言う通り、ラップトップの中身はほぼ空で、盗まれるようなものは何も入っていなかった。すぐに画面に現れたフォルダをクリックすると、簡易的な表が飛び出てきた。表には使用日時、使用ソフト、そして、WEBサイト閲覧先のURLが羅列されていた。URLはクリックすると閲覧先に飛べるようになっている。日時は今年の4月から11月までの分が載っていて、つまり、大学入学からいなくなるまで。履歴は数百件にのぼっていた。明後日までにすべてを調べる余裕はなかったので、とりあえず最近の使用から遡っていくことにした。

最後の使用は11月4日、木曜日、午前七時二一分、WEBサイト閲覧。4日というと、結城の家に泊まった翌日だ。早朝に一三万円を持って逃げ、帰宅したあとにパソコンを使ったようだ。URLをクリックした。弘安大学文学部の授業時間割表を載せているサイトに飛んだ。弘安大学は東京の私立大学の中でも指折りの名門校だ。時間割は一年生から四年生までの一週間分がずらっと連なっていた。切羽詰まっている人間が悠長に覗くようなサイトではないので、間違いなくなんらかの意図があって覗いたのだろう。最後までスクロールしてみたものの、その意図がわかるはずもなかった。ただ、弘安大学という名前に引っかかるものがあった。記憶の棚を探りつつ、一つ前の履歴、午前七時一九分のWEBサイト閲覧のURLをクリックした。検索サイトに飛んだ。検索ボックスには、『弘安大学』、『文学部』、『時間割』という三つの検索ワードが並び、ページには結果が表示されていた。その一つ前の履歴は10月2日で、ハワイツアーの詳細を旅行会社のサイトで閲覧していた。これを見ていた時が最後の幸せな時間だったのかもしれない。ギョウザ耳が現れて転落が始まる前の。

腹が鳴った。よく考えたらデパートで唐揚げ弁当を食べて以来、何も口にしていなかった。弘安大学弘安大学弘安大学、と声に出して言い、記憶を刺激しながらキッチンに行って冷蔵庫を開けた。食材がほぼ尽きていた。今から買い物に出るのは面倒だったので、残っていたにんじんをスティックにして齧ることにした。にんじんをまな板に置いて包丁を握った時、唐突な閃きが僕を襲った。包丁を放り出し、ラップトップの元に戻った。そして、検索サイトに行き、検索ボックスに昨日図書館で見たニュース番組のタイトルと、弘安大学助教授という検索ワードを打ち込んでＥｎｔｅｒキーを押した。小林修司。検索結果の見出しすべてにその名前が含まれていた。画像を確認すると、ニュースに出ていたあの金髪の詐欺師だった。念のために弘安大学のサイトに飛び、文学部の教職員一覧に小林の名前があることを確認した。興奮を覚えながら検索サイトに戻り、『小林修司』、『弘安大学』で検索した。弘安大学とニュース番組関係の結果が上位に並ぶ中、一つだけおかしなものが交じっていた。カメイプロダクションという芸能事務所だった。そのサイトを見に行くと、トップページに所属タレントの出演情報が載っていて、その中にニュースの番組名と小林の名前がセットで記されていた。準レギュラーで出演中、とあった。メニューから所属タレント一覧のページを選んでクリックした。数十人の顔写真と簡易プロフィールが並んでいた。知った顔が二人いた。一人は文化人枠の小林で、もう一人はタレント枠の甲斐剛。ノーチェでしつこく絡んできたイケメンだった。

慌ててラップトップの前から離れ、矢野の携帯電話に電話をした。捕まることを祈りながら呼び出し音を聞いていると、八回目で矢野が電話に出た。

「どうした、おまえからかけてくるなんて珍しいな」

「ちょっと訊きたいことがあって」

「なんだ？」

「この前ノーチェで絡んできた奴の事務所のバックにはやくざがついてるって言ってましたよね」

「あぁ、國松組がケツ持ちだ」

國松組は本拠を東京に置く指定暴力団で、僕でもその名前を知っていた。

「なんかあったか？」矢野の心配そうな声が耳に響いた。

「いえ、何もないです。ちょっと知りたかっただけで」

「あのあと現場であいつに会った時にしつこくおまえのことを訊かれたから、なんかあったのかと思ったよ。もちろん、おまえのことはなんにも喋ってない」

「あいつはなんで俺に固執してるんですかね」

「俺も不思議だったから訊いてみたよ。昔おまえに女を取られたって言ってた。覚えはあるか？」

「ないです」即答した。「女を取るとか取らないとか、そんな優雅なことに無縁でこれまで生きてきましたから」

矢野は短く笑った。

「あいつが人違いをしてるとも思えないが、とにかくなんかあったら俺に言え」

「矢野さんが俺のケツ持ちってわけですか」

「あぁ、案外頼りになるぞ」

礼を言って電話を切った。頭が混乱しかけたが、イケメンを頭の片隅にどうにか追いやって、最初に見た授業時間割表を調べることにした。小林は木曜日二限のコマを担当していて、科目はメディア論だった。

多分。3日の夜に結城宅のテレビでたまたま小林を見つけた北澤は恐喝を思いつき、4日の早朝に自宅に戻って授業時間割表をチェックしたあと弘安大学に向かい、なんらかの形で小林に接触し、脅して金を取ろうとした。小林はすぐに事務所に相談し、事務所は國松組のやくざに対応させ、4日から5日の夜までのあいだに北澤はやくざに拉致された。そして、5日の夜に耳たぶのない男が北澤宅に現れ、両親を脅した。

大筋ではこんな流れだろう。北澤と小林にどんな因縁があるのかは想像もつかないが、これまでの展開からすると女が絡んでいる気がした。ともあれ、すべては状況証拠だった。真相を知るには北澤を奪還して本人の口から聞き出すしかない。

ラップトップを閉じ、にんじんのもとに戻った。スティックにして塩をつけて食べ終えたあと、コーヒーを飲んだ。まだ九時三〇分だった。時間潰しのためにジャズのLPを聴いた。ブッカー・アーヴィン、キャノンボール・アダレイ、ソニー・ロリンズ。一一時を過ぎた。この時間なら確実に捕まるだろう。電話の受話器を上げた。北澤奪還のための唯一のAce In The Hole《とっておきの切り札》に助けを請うために。

17

11月18日、木曜日。調査七日目。

午前八時に起きて、まず結城に電話をした。北澤宅に変化も異状もなし。小林の話はしなかった。新たな情報は今の結城にとって心を乱すノイズにしかならないし、話したところで状況が変わるわけではなかった。結城にはできるだけ平常心で事態を取りまわして欲しかった。

近所のスーパーへ買い物に行って食材を調達し、サーモンと舞茸のバター焼き、白いご飯、味噌汁を作って食べ、コーヒーを飲んだあとに家を出た。

世田谷区にある弘安大学までは愛車で一時間かかった。二限が始まって四〇分ほど経っていた。目当ての大教室の前に着くと、中から大勢の笑い声が聞こえてきた。小粋なトークで学生たちを楽しませているエンターテイナーの姿を一刻も早く見たかったが、我慢して近くのベンチに座った。

終業のチャイムが鳴った。後方のドアが開き、学生たちが一斉に吐き出されてきた。僕はベンチから腰を上げ、前方のドアを通って教室に入った。教壇のまわりを女子学生の群れが囲み、中心には灰色のスーツに黒のTシャツ姿の金髪の詐欺師がいた。小林は三八歳だったが、見た目が若く体型もスリムで、いかにもテレビ向きな容姿をしていた。芸能事務所が目をつけたのもわかる気がした。

僕はドアのすぐそばの席についた。距離が離れていたので会話の内容は聞き取れなかったが、女子学生たちが楽しげな笑い声を上げるたびに小林はかすかな陶酔を目に浮かべた。僕の目には右肩に虚栄、左肩に欲望というタグが貼りつけてあるように見えた。このいけすかない奴と北澤のあいだにいったい何があったのだろう。北澤が残した手がかりからは現在進行形の関係でないことは読み取れた。過去に何かがあり、それは北澤にとってどうしても赦せないことだった。もしかすると、佐久間友希に起こったようなことが、北澤の彼女か女友達にも起こったのかもしれない。もちろん、加害者は小林。高校時代の北澤が恋愛に興味を示さなかった理由も、それなら納得がいく。大切な存在を護れなかったトラウマを抱えていたからだ。それが志田によって解放され、小林の同類に堕ちたとするなら皮肉でしかなかったが。

小林は腕時計を確認して短く何かを告げると、不満げな表情を浮かべる女子学生たちを残して教壇を下り、僕がいるほうへと足早に歩いてきた。僕は動かないまま、小林に視線を送り続けた。ふいに視線が遭った。小林の視線には異物が混じっていた。僕を品定めしているようなそんな種類の。北澤のことがあって警戒をしているのかもしれない。小林は興味を失くしたようにすぐに視線を外し、僕の前を通って教室を出て行った。本当ならあとを追いかけてとっ捕まえ、色々と問い詰めてやりたかったが、対決するには武器が少な過ぎた。知らない、としらを切られた場合、僕に残された手段は拷問しかなかった。良心や情に訴えて穏便に北澤の解放を促すという手を考えないでもなかったが、実物を見た瞬間に諦めた。サメに生命の尊さを諭しても意味がないのと同じだ。なんにせよ、中途半端につついてやくざに連絡され、北澤の身に不測の事態が起こることは避けたかった。

北澤を奪還した暁には必ず追いつめてやる。

そう決意して、席を立った。

北澤宅に着くと、結城が昼食後の片づけをしていた。両親を気遣い、食事の用意や掃除などもしているらしかった。両親は結城を完全に信頼し、依存するようになっていた。

耳たぶのない男からの連絡は来ていなかった。僕は状況に変化のないことを結城に報告した。その後買い物に出た結城の代わりに両親の相手をした。

「あの」父親が恐る恐るといった感じで僕に言った。「あなたのこと、結城君から色々と聞きました」

いったい何を話したんだろう。軽い緊張を感じた。

「あなたのような方に助けてもらえて、本当に心強いです」

僕の正体がスーパーマンとでも言ったのだろうか。

「友達のためですから」胸の中で結城を呪いながら、言った。

「悠人はどうして脅迫なんかしたんでしょうか」父親が唐突に訊いた。「結城君に訊いても分からないとしか言ってくれなくて」

僕は少しの迷いのあとに答えた。

「お金に困っていたようです」

「それなりの小遣いはきちんと渡していたんですが」

「理由は悠人君から聞いてください」

「やっぱり女の人に乱暴したことが関わってるんでしょうか」母親が悲しげな眼差しで僕を見つめながら、言った。

僕は北澤に怒りを感じながら、答えた。

「それも悠人君から聞いてください」

僕が否定しなかったことで母親は事情を察したようだった。僕には母親の肩にのしかかっている苦悩が見えたが、見えない振りをして訊いた。

「悠人君はどんな中学生だったんですか」

母親は虚をつかれたように一瞬ぼんやりと僕を見つめてから言った。

「どういうことですか？　何か関係があるんですか？」

「いえ、僕は高校までの悠人君しか知らないから、ちょっと興味があって」

僕と北澤の詳しい関係を訊かれたらめんどくさいことになるところだったが、そうはならなかった。

「中学生の頃の悠人は明るくて前向きで、ほんとにいい子でした。バスケ部でも活躍して人気者でした」

「高校時代の悠人君とは別人みたいですね」

「実力より少し上の学校に入ったから、勉強についていくのが大変だったんだと思います」

「そうですか。中学の時に嫌なことがあってすごく落ち込んだって言ってたから、てっきり志望校にでも落ちたのかと思ってました」

「いいえ、第一志望に入れましたから」母親はそう言ったあと、短く思案し、続けた。「そういえば受験が終わったあと志望校に受かって喜んでたあの子が突然部屋に閉じこもって出てこなかったことがありました。そのことを言ってるのかしら」

「何があったんですか?」

「わかりません。訊いても話してくれなかったから」

結城が帰ってきて、話はそれまでになった。入れ替わりに北澤宅を出る時、俺のキャラ設定はどうなってんだ、と結城に耳打ちすると、不敵な笑みだけが返ってきた。


戸山公園へと愛車を走らせた。風が日に日に爪を深く立てて肌が露出している部分を引っかくようになってきている。街路樹たちも冬に向けて徐々に葉を落とし始めていた。

待ち合わせの三〇分前にいつもの大銀杏に着いたが、りつはすでに僕の唯一でとっておきの切り札と話をしていた。ウィルもいる。セーラー服の女子高生とメタリカのTシャツを着たいかつい男たちとの取り合わせは、なぜかしっくりときていた。同じ種族だからかもしれない。

　愛車を停めて合流した。りつの顔は心なしか上気しているようだった。

「早いな」僕はりつに言った。

「早めに着いたら先生たちがいたから先に話しかけちゃった」

　もう先生って呼んでる。ずいぶん素直だ。

「話は済んだ？」

　りつは頷いた。

「毎週木曜日にあんたと一緒に稽古を受けることになった」

「そりゃよかった」

「あたしと一緒じゃ嫌なの？」

「とんでもない。楽しみで仕方ない」

　ランボーさんは僕たちのやり取りを笑みを浮かべながら眺めていた。

「ランボーさんと話があるから、悪いけど少し席を外してくれないか」

「あたしに聞かれたらまずい話？」

「そうじゃないけど」

「お嬢さん」ランボーさんが優しい声で促した。

　りつは頬を軽く膨らませて不満を表明しつつくるりと半回転し、僕の愛車が停まっているほうへと歩き出した。

「あの子は強くなるね」とランボーさんは言った。

「もう充分強いです」と僕は言った。

ランボーさんが、ウィル、と言って顎を小さく上げると、ウィルが動き出し、りつのあとを追った。

「昨夜頼んだ件ですが、まだ受け渡しに関する連絡は来てません」

「いつでもどんなふうにでも動ける準備はしておくから、ノー・プロブレムよ」ランボーさんはそう言ってジーンズのヒップポケットから携帯電話を取り出し、僕に差し出した。「ウィルの番号がメモリーしてあるから、なんかあったらすぐに電話して」

「わかりました」僕は携帯電話を受け取り、少しの逡巡のあとに言った。「國松組が絡んでる可能性が高い件ですが――」

「ノー・プロブレム」ランボーさんは僕の言葉を遮って言った。「やくざにびびってたら新宿区では生きていけないね。こっちよりそっちの問題。もう子供の領域じゃないよ。一歩を踏み出す覚悟《ステップフォワードの》はできてる?」

覚悟はまだできていない。北澤を助けること自体に抵抗もある。でも。

「誰かがやらないといけないことなんで」

そう答えると、ランボーさんは微笑み、頭をぽんと優しく叩いてくれた。

りつとウィルは愛車のそばで言葉を交わしていたが、僕が近づくと急に押し黙った。

「俺を襲う計画か？」

そう言うと、二人は同時に鼻で笑った。いいコンビだ。

りつと歩きながら話した。

「あの二人、本物って感じ」

「本物だよ、間違いなく」

「さっき何話してたの？」

「ウィルの誕生日にサプライズパーティをやろうと思ってるから、その相談」

りつの有無を言わさぬツッコミが入るかと思ったが、僕が押している愛車の後輪を軽く蹴られただけで済んだ。

高田馬場駅の戸山口に着いた。じゃあね、また来週。りつはそう言って、あっという間に構内に姿を消した。


七時過ぎに北澤宅に戻った。半ばお通夜のような雰囲気で結城の作った夕食をみんなで摂り、僕と結城で後片づけをすることにした。両親をリビングに送り出してから、僕は言った。

「準備は整った。あとは連絡を待つだけだ」

「ありがとう。でも、ほんとに計画通りに進めて大丈夫かい？　君に万が一のことがあったら――」

「ノー・プロブレム」

結城の言葉を遮ってそう応えたのとほぼ同時に、電話のベルが鳴った。結城の体が小さく震えた。僕たちはすぐにリビングに向かった。壁時計は九時を指していた。ソファに座る両親は、センターテーブルに移動してあった電話の親機を時限爆弾でも見るように見つめていた。僕と結城は両親の対面に陣取った。電話が五回目のベルを鳴らした時、僕は両親に向かって頷いた。父親は反射的に小さく頷き返し、親機に手を伸ばした。そして、受話器を上げてすぐにスピーカーモードのボタンを押した。

「もしもし」

「先日伺った者です」耳たぶのない男と思しき人物の声がスピーカーから聞こえてきた。

「例のものは用意できましたか?」

「はい」

束の間重い沈黙が流れた。

「声の聞こえ方がおかしいんですがね」

「家内も聞けるようにスピーカーにしていますが、そのせいでしょうか」

結城が父親に向かって小さく頷いた。想定会話集を作り、リハーサルを重ねた甲斐があった。

「問題ないですかね」耳たぶのない男と思しき人物が威圧のこもった声で訊いた。

「はい」

「本当に問題ないですかね」

「はい」父親の額に汗が滲み始めた。

「こちらは穏便に済ませたいと思ってるんでね。余計なことはしないでくださいよ」

「わかってます」

「息子の声を聞かせてください」母親が声を絞り出した。切実な響きだった。

数秒の間が空いた。

「もしもし」

結城が反射的にこぶしをぎゅっと握った。はじめまして、と僕は心の中で電話線の向こうにいる北澤に挨拶をした。

「悠人、大丈夫？　何もされてない？」

「大丈夫、元気だよ」

「もうすぐだからね。がんばるのよ」母親の目に涙が浮かんでいる。

「ごめん」涙声に変わった。「ほんとにごめん」

再び短い間が空いた。

「例のものの受け取り場所なんですがね、明日伝えることにしますわ。もし何か問題があるんだったら、それまでに解決しといてくださいよ」

「何も問題はないですから、悠人には絶対に手を出さないでください」父親が敢然とした口調で言った。

「わかってますよ、お父さん。明日はいつでも電話を受けられるように準備しといてください。じゃ、また明日」

電話が切れた。僕と結城は同時に息をついた。受話器を握ったままの父親は僕をまっすぐに見つめて、訊いた。

「ほんとに大丈夫でしょうか。悠人は無事に戻ってこられるでしょうか」

僕もまっすぐに父親を見つめ返した。

「大丈夫です。安心してください」

覚悟はできた。

18

11月19日。金曜日。

『地に呪われたる者』を閉じ、時計を見た。午前六時三分。昨夜の帰宅後、どうやっても眠れる気がしなかったので朝まで読み続けた。正直なところ、内容はほとんど頭に入ってこなかったが、文字を追ってるだけで不思議と落ち着いた。写経をやる人の気持ちがほんの少しだけわかった。ベッドから下り、ベランダに出た。冷えた空気の中で深呼吸をした。視界が一気にクリアになった気がした。

サラダとコーヒーだけの朝食を済ませ、黒いトレーナーと黒いジーンズに着替えて七時に家を出た。朝の渋滞の雰囲気が嫌いなので、裏道を使って愛車を北澤宅へと走らせた。八時少し前に着いたがわざと家の前を素通りし、区画をゆっくりと一周した。見張りがいるような怪しい気配はなかった。人目があちこちにある住宅街に見張りを置いて目立つような真似を用心深い耳たぶのない男がするとは思えなかったが、取引当日なので念のためだった。

両親は一睡もできなかったようで、父親の目の下には濃い隈ができていた。両親は結城が用意した朝食にも手をつけていなかった。九時になり、両親に外泊の準備を促した。今日から少しのあいだ、万が一の敵の急襲に備えて中目黒のビジネスホテルに移ってもらうのだ。両親が二階で準備をしているあいだに結城と最後の打ち合わせをした。真剣に耳を傾ける結城からは張りつめた緊張が伝わってきた。

午後一時を過ぎたあたりでリビングに移動し、センターテーブルに鎮座している電話機をみんなで囲んだ。じりじりと時間が過ぎていった。無駄な言葉は一切消費されなかった。五時、父親の貧乏ゆすりが激しくなった。六時、母親がえずき始めた。そして、六時三〇分、電話が鳴った。三回目のベルが鳴り、僕が父親に頷いたのと同時に母親の目から涙がこぼれた。父親は受話器を上げ、震える指でスピーカーモードのボタンを押した。

「もしもし」

「こんばんは。何も問題ないですか」

「はい、問題ありません」

「じゃ、例のものを持って八時に新宿中央公園の富士見台までお父さん一人で来てください」

「わかりました。息子はその場で引き渡してくれるんですね」

「そうですよ。安心してください。それと、あちこちに見張りを置いてますから、余計な人間がいるようだったらすぐにわかります。その時は息子さんとは二度と会えないと思ってください」

「わかってます」

「遅れないでくださいね」

電話が切れたのとほぼ同時に僕は玄関に向かい、携帯電話でウィルに電話をかけた。要点だけを告げて電話を切り、リビングに戻った。

「僕は先に出ます」

僕がそう言うと、母親が近づいてきて僕の右手を両手で握った。

「あの子を助けてあげてください。よろしくお願いします」

「任せてください」

玄関まで見送りに来た結城に、あとはよろしく、と告げ家を出ようとすると、気をつけて、と声をかけられた。結城の目はかすかに潤んでいるように見えた。僕は笑みを浮かべ、頷いた。家を出ても母親の手の温もりが残ったままだった。


駒沢通りに向かって走った。外はすっかり暗くなっていた。三分ほどで取引場所が北澤宅以外だった場合の合流地点に設定しておいた『目黒税務署前』交差点に着いた。一〇秒も待たずに目の前に黒いアルファードが停まった。スライドドアが開いたので素早く乗り込み、二列目のシートに座った。アルファードはすぐに発進した。運転席と助手席に見知らぬ男たちがいた。

「ウィルは?」僕はどちらにともなく訊いた。

「偵察のために先に向かってます」運転席の男がバックミラーに視線を合わせながら言った。

「私は孫です。はじめまして。隣はグエンです」

グエンは振り返って僕にちらっと視線を送り、右手を軽く上げると、すぐに前を向いた。東南アジア系の顔立ちだった。

「私たちはサポート役です」と孫が相変わらず流暢な日本語で言った。「リクエストがあったらなんでも言ってください」

「ありがとう」

僕はそう言ってシートに背中を預け、ゆっくりと呼吸を整えた。

親友が若くして死んでからというもの、神様の存在を完全に否定していたが、今はほんの少しだけ信じられる気になっていた。新宿中央公園は僕にとってホームグラウンドと言って良かった。高校時代、仲間たちと何度もドロ警大会をやって遊んだ場所だった。富士見台のこともよく知っている。土で作った小さな築山で、てっぺんには六角堂というあずまやが建っている。そこのベンチで今は亡き親友と多くを語り合った。ほとんどはくだらない馬鹿話だったが、僕にとってはかけがえのない時間だった。ともあれ、知らない場所で敵と対峙するよりは緊張を感じなくて済むに違いなかった。それにしても、耳たぶのない男の目のつけどころは確かだった。あそこだったらもし追いつめられたとしても斜面のどこからでも滑り降りて逃げられる。下で待ち伏せるにしても三六〇度をもれなく取り囲むことなど不可能だ。築山を降りてしまえば、近くにいくつもある出口のどれかを選んで公園を脱け出し、周囲のどこかへ紛れ込んでしまえばいい。公園の周囲には隠れるのに最適な場所が至るところにある。逆を言えば、僕と北澤が咄嗟に逃げることになっても都合の良い場所ということだった。

アルファードは法定速度を守りながら走っていた。すでに山手通りに入っていて、富ヶ谷のあたりまで来ていた。コックピットのデジタル時計は七時一六分を表示していた。

七時二四分。アルファードが南通りに入り、新宿パークタワーの前で停まった。スライドドアが開き始めるのと同時に、グエンが、グッドラック、と言い、孫は笑顔を向けてくれた。

アルファードから降り、歩道に乗ってタワーのほうに視線を向けると、地下に繋がる階段のそばにウィルが立っているのが見えた。黒のコマンドセーターに黒のカーゴパンツ。無機質なコンクリートの箱庭に野獣が紛れ込んでしまったかのようだった。足早に近づいてそばに立つと、ウィルが間髪容れずに言った。

「まだ現れてない」

頷いた。

「俺たちに任せろ。あっという間に終わる」

「俺が始めたことだ」

ウィルは不満そうに小さく肩をすくめた。

「おまえが死んだら俺が怒られるんだよ」

縁起でもないこと言いやがって。

「死んだら化けて出てやる」

僕がそう言ってウィルが心底嫌そうな表情を浮かべた時、携帯電話が鳴った。ウィルは瞬時に電話に出た。一〇秒後、ウィルは電話を切って言った。

「今、中年と若い男の二人があずまやに上がっていった。あずまやに繋がる階段三ヶ所の入口に見張りの男が一人ずつ。富士見台のまわりに見張りはいない。敵は四人」

「了解。俺はトイレのそばの階段から上がる」

そう言って踵を返そうとすると、待て、とウィルに引き留められた。

「手ぶらで行くつもりか」

「あぁ」

ウィルはやれやれといった感じで首を横に振り、ヒップポケットから振出式の特殊警棒を抜いて僕に差し出した。僕は少しだけ迷ったあとに受け取った。いつも稽古で使っているグリップが二〇センチで、振り出すと五〇センチになるやつだ。重量は四〇〇グラムのはずだが、今日はそれよりも重く感じられる。ヒップポケットに差し込み、はみ出している部分をトレーナーの裾で隠した。

「おい、ボーイスカウト」ウィルが真剣な顔で言った。「集中力《コンセントレーション》だ」

「ノー・プロブレム」

歩道に戻り、横断歩道の信号が青になるのを待った。視線のすぐ先には公園の西エリアが見えている。青。横断歩道を渡って西エリアに入り、遊歩道に乗って富士見台のある北エリアを目指した。分厚い雲が空を覆っていて月が見えず、外灯だけでは夜の暗さに対抗できていなかった。それに、今にも雨が降り出しそうな気配があった。気温も低かった。そんなわけで、西エリアを歩き終えるまでにすれ違ったのは柴犬を連れた老人一人だけだった。

北エリアに繋がる公園大橋にたどり着き、足を止めた。渡り終えてすぐの場所に富士見台がある。大きく深呼吸をして、歩き出した。右には都庁が見えた。雲を突き破ってバットウイングが現れるのを待ったが、その前に橋を渡り終えた。左手にスロープ、右手に階段と二股に分かれている道の右を選んだ。スロープを下り切ってすぐの場所にはあずまやに至る階段があり、入口には見るからにガタイのいい男が立って『立入禁止』の看板の役目を果たしていた。その階段からあずまやへ至るには反対側の階段と繋がっている踊り場を経由しなくてはならず、一人を倒してももう一人に見つかる可能性が高かったので、その二ヶ所の階段を使うつもりはなかった。ガタイのいい男の強い視線を感じながら階段を下りて右に逸れていき、築山の裾をなぞるようにして進んだ。上を見てもあずまやの屋根が見えるだけだった。情報に間違いがなければ、屋根の下には北澤と耳たぶのない男がいる。興奮を抑えるために静かに息を吐いた。目当ての階段が近づいてきたのでヒップポケットから特殊警棒を抜いた。先端を摘んでシャフトを静かに引っ張り出し、五〇センチの鋼鉄の棒に変えた。あと五メートルほど進んだ場所に急角度のヘアピンカーブがあり、曲がった先が階段の入口になっている。入口の死角になっているカーブの手前で立ち止まってその場にしゃがみ込み、特殊警棒をわざと縁石にぶつけて小さな音を立てた。カツンカツン。出てこい。カツンカツン。出てきた。僕は一気に立ち上がりながら素早く前に進み、カーブの向こうから現れた若い男のみぞおちに特殊警棒の先端を思い切り突き上げた。若い男はくぐもった唸り声を上げ、反射的に上半身を前に倒した。僕は若い男の背後に一瞬で取りつき、低い位置にある若い男の首に特殊警棒を巻きつけた。そして、シャフトを左の頸動脈に強く押し当てながら若い男を後ろに引き起こして僕の体に密着させたあと、左手で特殊警棒の先端を握り込み、さらに力を加えた。若い男は両手を特殊警棒と頸動脈のあいだに差し込もうともがいたが、無駄だった。一〇秒も経たずに失神した若い男を、ゆっくりと路面に寝かせた。拘束はウィルたちがやってくれるだろう。勢いを切らさないように息をつかずにヘアピンカーブを曲がった。

緩やかな勾配の階段を一気に上り切った。台地には六角堂の名の通り屋根が正六角形のあずまやが三〇センチほどの高さのコンクリートの基礎の上に建っていて、外灯がピンスポットのように全体を照らしていた。屋根の下には正六角形のテーブルが設置してある。一辺ごとに一個ずつ置かれた六つのベンチの一つには写真で見た顔が座っていた。今は亡き親友が指定席のようにいつも座っていたベンチだ。そして、そのベンチのすぐそばにノーネクタイのスーツ姿の男がいた。男は煙草を吸いながら屋根の支柱に寄りかかって立っていた。紫煙が外灯の光に浮かび、ゆらゆらと揺れていた。

まず、北澤が僕に気づいた。こちらを見つめている。男は北澤の変化に気づき、北澤の視線の先を追った。男と目が合った。僕は男の右の耳たぶに視線を移した。なかった。パズルの最後のピースがはまった気がして、思わず微笑んでしまった。耳たぶのない男は僕に強い視線を注ぎながら煙草を指で弾いて遠くに飛ばし、支柱から体を離したあと、背後にある階段に向かって、おい、と声を投げた。反応なし。おい。反応なし。ウィルが返事をするかと思ったが、もちろんそんなことは起こらなかった。耳たぶのない男はまったく慌てる様子もなく僕を見つめた。かなり凶暴なものが視線に混じっていた。僕があずまやにゆっくりと近づくと、耳たぶのない男も一歩前に出た。僕は耳たぶのない男まで三メートルほどの場所で立ち止まり、特殊警棒をグリップエンドについている収納ボタンを押して短くし、ヒップポケットに突っ込んだ。

「何者だ、おまえ」耳たぶのない男が訊いた。

その質問には沈黙で答え、サイコロを振った。

「カメイプロダクションは恐喝のこと知ってるのか？」

耳たぶのない男の唇の端がかすかに動いた。良い目が出たのかもしれない。

「そいつを解放して二度とちょっかいを出さなけりゃ恐喝がばれることもないし、小林修司も安心してテレビタレントを続けられる。どうだ？」

重苦しい沈黙が流れた。僕は北澤に視線を移した。北澤は僕を凝視していた。すぐに視線を耳たぶのない男に戻した。耳たぶのない男はふっと力を抜き、かすかに微笑んだ。

「おまえ、いい度胸してるな。学生さんかい？」

答えなかった。

「俺の負けだよ」

本当に負けを認めている雰囲気ではなかった。暗闇の中の猫科の動物みたいに目が光って見える。嫌な予感がした。この瞬間に動き出すべきだったが、しなかった。完全に展開を見誤っていた。

「ところで、素人とやくざの違いがわかるか？」

耳たぶのない男が右手を素早く腰のほうに動かした。そして、次の瞬間には耳たぶのない男の右手にはオートマティックの拳銃が握られ、銃口は北澤に向けられていた。心臓が思い切り僕の胸骨を殴ったのと同時に、もう子供の領域じゃないよ、というランボーさんの声が聞こえた。策を弄せず一気に耳たぶのない男を襲って意識を刈り取り、北澤を奪還すべきだったのだ。ドンドンドンと鳴り続ける鼓動がうるさい。

耳たぶのない男は北澤に近寄り、銃口をこめかみに近づけたあと、拳銃の安全装置を外した。カチリ、という小さな音が鳴り、北澤の体が大きく震えた。

「で、どうするよ？」耳たぶのない男が楽しげに言った。

どうする？　どうする？　どうする？　こんな時の対処方法はさすがに教わっていなかった。ただ、耳たぶのない男が本当に撃つとは思えなかった。志田の言い草ではないが、こんなことで人を殺すなんてコストが悪過ぎる。

「俺が撃たないと思ってるんだろ。そんな割の悪いことするもんかってな」

超能力者かよ。

「九時までに俺たちの無事を確認できなかったら、両親が警察に連絡する手筈になってる」

もちろんそんな計画はなかった。

「だからさっきから言ってるだろ、俺の負けだって」

耳たぶのない男の右手がゆっくりと動き、銃口が北澤のこめかみに押しつけられた。北澤はぎゅっと目を閉じた。本当に撃つ気だろうか。仲間が来ると思って時間稼ぎをしているのか、もしくは、この場から逃げるためにはったりをかましているのか。いや、本当に撃つ気かもしれない。北澤の両親が耳たぶのない男に感じた真実味とやらを僕も感じていた。

「撃ったらすぐに警察が来るぞ」

とりあえず銃口を北澤のこめかみから離さなくてはならない。

「案外そうでもないんだよ。通報があっても警察はわざと遅れてくるんだ。巻き添えで撃たれたくないからな」

銃口をこっちに向かせるためにおとりになって動くしかない。

「適当なこと言うな」

どう動く？

「プロの言うことは信じたほうがいい」

右か左か。

「最期にさっきの答えを教えてやる」

それとも前か。

「ヤクザは負けてもメンツのために人を殺すんだよ」

言葉が終わったのとほぼ同時に、左に動いた。銃口の行方を追う余裕はなかった。素早く、かつ不規則に動きつつ、隙を見て耳たぶのない男に飛びかかるつもりだった。突然、ガツン、という音が鳴り、反射的に足が止まった。目の前にある支柱が邪魔になり、耳たぶのない男の姿が見えなかった。続けて、ゴトンという何かが地面に当たる音と耳たぶのない男の苦しげなうめき声が響いた。僕は咄嗟に動いて支柱の陰から出た。耳たぶのない男は顔をひどく歪めながら右腕の橈骨を左手で押さえていた。足元には拳銃が落ちている。僕は瞬時に特殊警棒を振り出し、あずまやに飛び乗った。そして、拳銃をあずまやから外へ蹴り出したあと、苦痛に喘いでいる耳たぶのない男の左の頸動脈に特殊警棒を叩き込んだ。耳たぶのない男は一瞬で意識を失い、棒が倒れるように一気に横倒しになった。その時になってようやく窮地を救ってくれたヒーローの姿を捉えた。

「何やってんだおまえ！」思わず大声を上げてしまった。

襲撃用のコスチュームに身を包み、特殊警棒を持ったりつは悪びれもせず、不敵に微笑んだ。

「どう考えても感謝されるところでしょ」

腹立ちで思わず支柱を特殊警棒で殴りつけそうになったが、どうにか堪えた。やらなくてはならないことが山積みなのだ。持っていた特殊警棒をりつに放り、拳銃が落ちている場所に急いだ。植え込みのすぐそばにあった拳銃を拾い、安全装置をかけて腰に差したあと、あずまやに戻って耳たぶのない男の鼻に手のひらをあてた。息をしている。北澤の前に立った。北澤は呆然と僕を見上げていた。

「ご両親と結城君に頼まれて君を助けに来た。今は余計なことを考えずに逃げるんだ」

そう促すと、北澤はベンチから腰を上げた。僕が先導してさっき上がってきた階段を下りた。さっき意識を刈り取った若い男の姿はどこにもなかった。往きと逆に進んだ。北澤は戸惑いつつも素直についてきていた。公園大橋を渡りながらウィルに電話をかけた。終わった、と告げ、りつの件でありったけの罵倒をぶつけようとした瞬間、電話が切れた。胸の中でウィルに呪いの言葉を浴びせながら結城に電話をした。無事に終わった、と告げると、結城の安堵の吐息が聞こえた。そっちをよろしく、と言って電話を切った。結城は両親の説得を試みることになっていた。結城なら今の北澤家にとっての最善の道へとうまく導くことができるだろう。

背後を気にしつつ西エリアを無事に通り抜け、横断歩道を渡ってさっき僕が降ろされた場所に立つと、またしても一〇秒も待たずにアルファードが目の前に停まり、スライドドアが開いた。まずは北澤を三列目のシートに座らせ、僕とりつは二列目のシートに並んで座った。アルファードが五分ほど走り、僕の肩からようやく力が抜けたのを見計らって、りつが訊いた。

「どうして一気にやっちゃわないで交渉なんかしようとしたの？」

僕は少しだけ迷った末に答えた。

「あの状況で自分の力をうまくコントロールできる自信がなかった。あんな棒切れでも打ちどころが悪けりゃ人は死ぬ」

りつは小さく首を傾げ、短い思案のあとに言った。

「あんたには用心棒が必要ね。あたしみたいな」

僕が呆れて力なく首を横に振ると、孫とグエンが楽しげに笑った。まったく。どいつもこいつも。

戸山公園の高田馬場口の前に着いた。僕と北澤だけが降り、りつはそのまま自宅まで乗っていくことになった。またねーと手を振るりつに、スライドドアが閉じるタイミングで、さっきは助かった、ありがとうと礼を言った。僕が先に歩き、芝生広場のそばの一人用のベンチへと北澤を導いた。誰ともすれ違わず、誰の姿も見えなかった。外灯が一番近くにあるベンチを選んで北澤を座らせ、僕は目の前に立った。その時になって拳銃を腰に差したままなのに気づいた。孫かグエンに渡しておくべきだったが、もう遅い。恐ろしくくじ運の強い警察官が巡回に来ないことを祈りつつ、北澤を見つめた。

「寒くないか?」

そう訊くと、北澤は首を横に振った。視線はまっすぐに僕に向いている。今から警察への自首を勧めるのが僕に残された仕事だった。そうするのが今の北澤にとって一番安全だし、北澤がやり直せる唯一の方法でもあるはずだった。

「君のこと、知ってる」北澤が弱々しくかすれた声で言った。

北澤まで僕のことを憶えているとは思っていなかった。

「僕を知った経緯は結城君から聞いてる。僕は南方。さっきも言った通り、結城君に頼まれて君を捜すことになった。結城君との出会いとかそういう細かいことは今は割愛するよ」

「君たちの噂は本当だったんだね」

そう、僕は大富豪をパトロンに持つ自警団のリーダーさ、とやけになって言いそうになったが、もちろん言わず、曖昧に頷いた。

「助けてくれてありがとう」

「監禁されてるあいだにひどい目には遭わなかった？」

「三回ビンタをされた。僕が泣き止まなかったからだけど」

僕は一呼吸置いて、言った。

「君がどうしてこんな目に遭うことになったのか、僕はだいたいの事情を知ってる。志田とも話したし、佐久間兄妹とも会った。君は自分の犯した罪を償うべきだし、今の君にとってはそうすることが一番安全だと思う。ご両親もきっと君に自首して欲しいと思ってるはずだ」

北澤は何かを探るような目で僕を見ていた。いったい何を探しているんだろう？

「問題は小林修司を脅したことだ。その件も含めて警察に話すかどうか君と相談したかった」

北澤の顔に一瞬にしてばつの悪そうな表情が浮かんだ。恥ずかしいところを見られたようなそんな表情が。結城が見たのはこの顔だったのかもしれない。そして、触れてはいけないものに触れてしまった確かな手触りを僕は感じていた。

「君はどこまで知ってるの」北澤がおどおどした口調で訊いた。

僕の直感が、このまま話を打ち切れ、と告げていた。でも、僕は言った。

「君の口から聞きたいんだ。小林修司と何があった？」

北澤はうなだれ、僕から視線を外した。永遠に続くかと思われるような沈黙があたりを支配した。改造マフラーのオートバイが近くを通り過ぎて沈黙が無惨に破壊されたのをきっかけに、北澤がゆっくりと顔を上げた。目が潤んでいた。

「僕は君みたいに男らしくなりたかったんだ」

今にも消え入りそうな声だった。すぐにでも意味を問い質したかったが、我慢して沈黙で応え、先を促した。

「君が女子高に向かって必死に走っていくのを見た時、僕はいつか君みたいに本物の男になるって決心したんだ」五秒ほどの沈黙。「だって、僕は本物の男じゃないから」

僕は激しい混乱をどうにか抑えつけながら、言った。

「高校受験が終わったあと、何があった？」

北澤が軽く目を閉じると、涙が溢れ出た。北澤は目を開け、涙を拭うこともなく再び僕をまっすぐに見つめた。

「バスケ部の先輩からバイトの誘いがあった。中学生の男子の話を聞きたい人がいて、一緒に話をするだけで一万円をくれるって言われて。その先輩のことはあまり好きじゃなかったけど、相手は教育関係の人だし、僕の他にもいっぱい参加するって言ってたからなんにも疑わずに指定されたホテルの部屋に行ったんだ。そこにはあいつがいて、僕のほかには学生は誰もいなかった」

あいつ、と言った時、北澤の目に明らかな憎しみが点った。

「たくさん集まり過ぎたから残りの学生は別の部屋で待機させて一人ずつ順番に話を聞くことにしたって言われて、信じちゃったんだ。有名なホテルのスイートルームで雰囲気に飲まれてたこともあるけど、あいつも優しそうで悪い人間には見えなかった。だから、シャンパンを差し出されて、緊張が解けるよ、男なら一気に飲んでみなよ、って言われて――」

北澤は乱れた呼吸を必死に整え、途切れた言葉の続きを手繰り寄せようとしていた。

「わかった。もういいよ」

「いや、話したいんだ。これまで誰にも話したことなかったけど、君には話しておきたい」

僕は仕方なく頷いた。

「シャンパンを一気飲みしてすぐに意識を失って、気がついた時にはベッドの上で裸にされてた。目の前には裸のあいつがいて、その時になってやっと何が起こってるのか理解した。逃げたかったけど体が動かなくて」一〇秒の沈黙。「あいつの手が僕の股間に触れた時、僕は諦めちゃったんだ。そのあとのことはあまりよく憶えてない。ただ、怖くて痛くて情けなかったことだけは憶えてる。全部が終わったあと、あいつに三万円渡されて、こう言われた。人間の細胞は入れ替わるからすぐに元の自分に戻れる、だから気にしないほうがいい、って。誰かにこのことを言っても恥ずかしいだけだ、って。家に帰ってポケットから三万円を取り出した時、僕はわかったんだ。自分がもう本物の男じゃないって。あいつの言ったことは嘘だった。何年経っても元の自分には戻れなかった。忘れることもできなかった。自信がなくて女の子に声をかけることさえできなかった。そんな時、君を見たんだ。僕は君になりたかった。本物の男になりたかった。もう二度と自分の体を勝手に触らせたくなかった。あいつを殴り倒して逃げられなかった自分が嫌いで、お金を素直に受け取った自分が憎くて、だから、別人になりたかった。でも、どうやったら本物の男に生まれ変われるのかわからなかった。きっかけをくれたのは志田さんだった。志田さんといると心が昂って、男としての自信が蘇ってくる気がした。どんなことでもやれる気がした。やらなきゃいけない気がした。だから、サークルの先輩の部屋で意識を失くしてる女の子を初めて目の前にした時、やばいってわかっててもそこから逃げることができなかった。僕が男であることを証明しなきゃならなかったんだ。女を征服して本物の男に生まれ変わりたかったんだ」

北澤は言葉を止め、僕の顔に浮かんでいるものを確かめると、ぎゅっと目を閉じてうつむいた。無性に腹が立っていた。小林にも志田にも、そして、北澤にも。今すぐにでも踵を返し、北澤に関わるすべてのことからできるだけ遠ざかってしまいたかった。でも、打ちひしがれ途方に暮れている目の前の男を置いてきぼりにはできない。ただ、腹立ち紛れに、俺たちが女子高を襲撃したのは男らしさなんてものを証明するためじゃない、と反論したい衝動に駆られたが、どうにか堪えた。今更それを言ってどうなる？　言い訳をしてどうなる？

代わりに、訊いた。

「小林の素性は知らなかったのか？」

北澤は小さく頷いた。

「拓未の家でたまたまテレビで見て、弘安の助教授だって知ったんだ」

「それで大学に乗り込んでって恐喝することにしたってわけか」

「金が必要だったこともあるけど、もうあの時の僕じゃないってことをあいつに見せつけてやりたかった。あいつの怖がる顔を見たかった。でも、まんまと騙されてやくざに捕まった」

「捕まったのは金の受け渡しの時？」

北澤は頷いた。

「4日の夜に弘安のキャンパスの中庭で受け取るはずだったんだけど、やくざたちが現れてナイフを突きつけられてそのまま拉致された」

北澤はそう言って、ふと空を見上げた。僕も同じように空を見上げた。雨粒が僕の頬にぶつかった。僕は顔を下ろして、言った。

「歩きながら話そう」

駅に向かおうとしたが、北澤が電車に乗るのを嫌がった。理由を訊いた。たくさんの人目に触れたくない。今の自分を見られたくないんだ。それに、雨に打たれたい。

徒歩で中目黒のビジネスホテルを目指した。小雨に打たれながら黙々と歩いた。できるだけ大通りを避けつつ、少し遠回りをして外堀通りに出た。そして、牛込濠の脇を歩いている時、腰から拳銃を抜いて素早く濠に投げ込んだ。バシャンという水を打つ音が響いたが、すぐそばを通ったダンプカーの騒音ですぐにかき消された。

「あいつが拳銃を取り出した時、どうして逃げなかった？」北澤が訊いた。「命を懸けてまで僕を助ける義理なんて君にはなかったろ」

確かにその通りだ。僕はどうして逃げなかったんだろう。

「正直、僕にもよくわからない。でも、君を置いてきぼりにはできなかった」

「君の仲間たちも同じことをしただろうね、きっと」

「結城君も君を置いてきぼりにはしなかった」

それから一〇〇メートルほどを無言で歩いた。

「自首するよ」北澤がふいに言った。

「そうか」

「でも、小林とのことは話したくない」

「君が傷つけた女の子のことだけ話せばいいよ」

北澤は頷いた。

「ご両親にも話さなくていい。やくざが君に関して言ってたことは全部でたらめで、拉致されたのは君が傷つけた女の子がやくざに仕返しを頼んだからってことにしよう」

北澤は頷き、泣き始めた。進んでも進んでも北澤は泣き止まなかった。また、無性に腹が立った。かける言葉を見つけられない自分に。ふと、志田の言葉が脳裏に蘇った。

おまえが直接スイッチを押したわけじゃないけどな。

ちくしょう、ちくしょう、ちくしょう。

僕はそっと北澤の肩を抱いた。北澤は一瞬体を小さく震わせたあと、立ち止まり、声を上げて激しく泣き始めた。空が同調するように雨が強くなった。僕は雨を止ませることのできない自分の無力を呪いながら、北澤が泣き止むのを待ち続けた。

19

北澤の自首は芋づる式の大事件に発展した。強姦や暴行で逮捕されたのは永正大学だけで一五名、他大学を含めると二八名にものぼった。全員がＥＳＳＣに所属していた。大学側は事件発覚からすぐにＥＳＳＣの廃部を決定して収拾を図ったが、世間が赦すわけがなかった。匿名ながらも志田もマスコミに叩かれ、『レイプサークルのカリスマ』という通り名もいただいたようだった。

志田は警察の事情聴取を受けたが、当然ながらなんのお咎めも受けなかった。たとえあいつが実行犯だったとしても、塀の内側に転ぶようなへまは犯さないだろう。

北澤の自首から一月が経ち、クリスマスシーズンになっても騒動が収まる気配はなかった。

本が床に落ちた音で目を覚ました。

『地に呪われたる者』を拾っているところへ、美人司書が見回りにやってきた。僕が無理に笑顔を作って会釈をすると、美人司書は音を出さずに鼻で笑いながら遠ざかっていった。相変わらず底がレンガみたいなスニーカーを履いていた。『地に呪われたる者』の表紙についいた埃を払って出禁回避の感謝を伝えたあと、ソファから腰を上げた。

図書館を出て自動販売機で温かい缶コーヒーを買い、中庭のお気に入りのベンチに座った。

銀杏が一斉に葉を落としている最中で、夕暮れをバックに金色の雨が降っているようだった。

突然、雨の中を通って知った顔が現れ、僕の隣に座った。僕は気にせずに金色の雨を見続けた。

「今のところ告訴する女がいないらしい」と志田が言った。「検察が起訴に持ち込めるかも怪しくなってきた」

「おまえが細工したんじゃないだろうな」

志田はけらけらと湿度の高い声で笑った。落ち込んでいる様子はなかった。

「さすがに無罪放免てことにはならないだろうが、北澤の奴案外早くこっちに戻ってこれるかもな」

「戻ってきたところで違う監獄が待ってるだろ」

「俺もマスコミのお陰で各方面からずいぶんお叱りを受けたよ」

「叱られただけか」

「俺は色んな人間のキンタマを握ってるからな。まぁ、年が明けた頃には世間も浮かれてあっという間に忘れるだろ。いつものことだよ。忘れなけりゃ、俺が新しいスキャンダルをあてがってマスコミにたからせりゃいいだけだ」

「おまえ、こうなることがわかってたろ。どうして俺の邪魔をしなかった」

志田は右足をワイパーのように動かして足元の葉を二、三度掃いてから、言った。

「欲望が集まるところには必ず利益が生まれる。だから俺は、今を楽しめ、今を生きろって焚きつけて欲望を徹底的に肯定してやった。盛大に煽ってもどこかで歯止めが利くと思ってたしな。俺たちは人間で獣じゃない。ところが――」志田は唇の端に皮肉とも自嘲とも取れる笑みを薄く点した。「俺は人間の欲望を甘く見てた。部内はあっという間に無法地帯になった。マスコミは男だけをあげつらってるが、女もひどいもんだった。自分より可愛い女にドラッグ入りの酒を飲ませて男に提供したり、妊娠をちらつかせて何人もの男から金をせしめたりするような奴がごろごろいた。告訴する女が出てこないのは自分が加害者と被害者のどっちなのかがわからなくなってんだよ、きっと。獣が五割、獲物が三割、傍観者が二割。自浄作用のないＥＳＳＣの破綻は時間の問題だった。そこまで行ったら俺は欲望の行き着く先が見たくなった。どんな終焉を迎えるのかが楽しみになった。そんな時、おまえが現れた。俺にはおまえが何をしに来たのか一発でわかったよ」

初対面の時に志田が僕を幕引き役と呼んだ理由がようやく理解できた。それは予知能力とかそういう類のものではなく、口にした願望がたまたま叶っただけのことだ。多分。

「積み重ねてるって、どういう意味だ？」残っていた最後の謎の答えを訊いた。

志田は顔を少しだけ僕に近づけ、僕の目をじっと見つめてから言った。

「俺は目を見ればそいつがどんなふうに生きてきたかわかるんだ。誰かの言うとおりに生きてきたようなつまらない奴の目の中にはなんにも見えない。おまえの目の中には価値のあるものが積み重なってるのが見えた。北澤の目の中にはおまえのものとは真逆のものが見えた。それがなんなのか知りたくてそばに置いたが、結局正体はわからなかった」

志田の視線が何かを促していたが、僕は、話すわけないだろ、と胸の中で言いながら、ほんの少しだけ視線に力を込めた。志田は軽く舌打ちをして、顔を元の位置に戻した。

「ところで、自分が自浄作用になって立て直そうとは思わなかったのか」と僕は言った。

「おまえなら簡単にできたはずだろ」

志田はボロい中古車でも見るような眼差しを僕に向けた。

「そんなことしてなんの得がある」

「言って損したよ」

志田がけらけらと笑ったあと、束の間穏やかな沈黙が流れた。金色の雨の音が聞こえそうだった。

「俺は弱くて醜いものが嫌いだ」と志田は言った。「強くて美しいものだけに囲まれて生きていきたい。そのためならどんなことだってする」

これまでに聞いたことのない素直な声だった。近くを男女のグループが通りかかった。男の一人が目ざとく志田を見つけ、仲間に向かって低い声で何かを囁いた。グループの訝しげな視線が一斉に志田に集まった。志田がそれに応え、にこやかに手を振ると、曇っていたみんなの顔に一瞬で晴れ間が覗いた。

「ここはカモだらけだ」志田はグループを見送りながら、言った。「卒業までにあと一儲けさせてもらうよ」

「おまえが道の真ん中を歩いていけるのは、道を譲ってくれた人がいるからだ」言っても損をするだけだったが、言っておきたかった。「道を譲ってくれたのは弱くて醜いからじゃない。優しいからだ。それを忘れるな」

志田は再び僕の目をじっと見つめて、言った。

「それを最底辺の高校で学んだのか？」

僕はベンチから腰を上げた。未開封の缶コーヒーを差し出すと、志田は素直に受け取った。去っていく僕の背中に、志田の声がぶつかった。

「また楽しいことしようぜ、生徒会長」


愛車で北澤宅に向かった。着いた時には夜になっていた。ようやく家の前からマスコミの姿も消え、街は平穏を取り戻しつつあった。もちろん、家の中はそれとは程遠い状態だろうが。

家の前を素通りし、周囲をゆっくりと走った。結城の情報によると、耳たぶのない男から両親へのコンタクトは今のところないようだ。多分、これからもないだろう。無駄に藪を突つけば色んな毒蛇が飛び出してくるのをわかっているはずだし、自分の指紋のついた拳銃の行方も気になっているだろう。この状況ではいくら耳たぶのない男でもメンツより実利を取るはずだ。それをわかってはいたが、つい心配になりこうして定期的に見回りに来ていた。

中目黒のビジネスホテルの一室で泣きながら北澤を抱きしめていた母親の姿が忘れられなかった。

北澤の両親とはあの夜以来会っていない。これからも会うつもりはなかった。一周をし終え、ずっとカーテンが引かれたままの家に向かって小さく頭を下げたあと、北澤宅を離れた。


一日家に戻り、晩御飯を作り始めた。玉ねぎを切っている途中で左手の人差し指の先を切ってしまい、血を止めて絆創膏を貼った。他のことに気がいっていて、刃物を扱う集中力が足りていなかった。晩御飯を諦めてコーヒーを飲んだあと、ラップトップを起こしてメールをチェックした。ゼロ。マイルス・デイヴィスの二枚組とチャールズ・ミンガスのレコードを聴いているうちに午後一〇時五〇分になった。北澤奪還の際の服装に着替え、黒いキャップをかぶり、家を出た。

思ったより風が冷たく、厚手の服を着なかったことに少しだけ後悔を覚えながら、ゆっくりと愛車を走らせた。皇居と芝公園を経由して有栖川宮記念公園に着いた。腕時計を見た。一一時四八分。公園の隣にある区営の運動施設の管理事務所に行き、建物の陰に愛車を停めた。一一時五〇分。野球場の前の道路を渡り、大使館や高級マンションがひしめくエリアへと足を踏み入れた。居住者以外はほぼ通らない狭い道を奥へと進んだ。車や人とすれ違うことはなかった。三週間をかけた同時刻の偵察で、日付が変わる頃にはこの一帯が深い深い眠りにつくことはわかっていた。警官の巡回に遭遇したこともなかった。泥棒もこの一帯には畏れ多くて手を出さないと思っているのかもしれない。

目当てのマンションにたどり着いた。ここの住所は一月前に矢野から入手した。敷地に足を踏み入れ、エントランスの天蓋を支える大きくて四角い支柱の陰に入り、歩道から姿を隠した。一一時五八分。エントランスの周囲にはなぜか防犯カメラが設置されていなかった。もしかすると、家賃が一〇〇万を超えるマンションの住人は犯罪被害に遭うことはないという自然の法則が存在するのかもしれない。僕の目当ての住人は毎週水曜日の一二時五分頃にハイヤーで帰宅する。こんなところに住めるのも政府の各種懇談会やら検討会のメンバーだったり、複数の企業のアドバイザーを務めたりしているからだろう。テレビで売名をすればクソ野郎にも手っ取り早く金と名誉が転がり込むってわけだ。僕が今からやろうと思っていることが自己満足でしかないのはわかっていたし、実行するかどうかもこの一月ほど悩んだ。でも、やるしかなかった。やらなければ先に進める気がしなかった。

一二時一〇分を過ぎた。おかしい。この三週間、帰宅時間が一二時五分を大きくくずれたことはなかった。毎週水曜日にレギュラー出演しているニュース番組の収録を一一時三〇分頃に終え、テレビ局が手配したハイヤーでまっすぐ帰ってくるのがお決まりだった。

一二時三〇分。まだ帰ってこない。

一時。まさか待ち伏せがばれたのか?

一時一五分。きっとなんらかの事情があって今夜は帰ってこないのだろう。

それでも諦めきれずに一時三〇分まで粘った。今夜を逃したら再び実行する気になれないのはわかっていた。でも、潮時だった。自分の浅はかさを誰かに嘲笑されている気分を味わいながら支柱の陰から出た瞬間、車のエンジン音をかすかに聞き取った。慌てて元の場所に戻り、支柱の陰から様子を窺った。

タクシーがマンションの前に停まった。三〇秒ほど経つと後ろの左のドアが開き、金髪頭が車内から出てきた。そのままエントランスに進むかと思ったが、小林はタクシーの後ろ半分をまわり、右のドアを開けた。僕の位置からは小林がもぞもぞと動いていることしかわからなかった。小林が右のドアを閉めると、左のドアが自動で閉まった。タクシーが走り去り、ぐったりとした男に肩を貸している小林の姿が現れた。小林がゆっくりと一歩を踏み出すと、ぐったりとした男もかろうじて足を動かした。完全に意識を失ってはいないようだった。傍からは小林が泥酔した人間を介抱している献身的な男に見えただろうが、僕の目には違って見えた。近づいてくるにつれ、ぐったりしているのは若い男なのがわかった。そう、ずいぶんと若い。二人が支柱のそばまで来た時、僕は支柱の陰から出て二人の前に立ちはだかった。僕を捕捉した小林は驚きで小さく体を震わせながら足を止めた。若い男は頭を力なく下げたままでまったく僕には気づかなかった。

「どちら様?」小林が怪訝そうに僕を見ながら、言った。

僕はキャップのつばを上げ、小林を睨みつけた。小林は目を細めて僕を凝視し、言った。

「この前教室で見かけたな。うちの学生か?」

たいした記憶力だ。

「そいつにはいくら払うんだ？　三万か？」と僕は言った。「今の稼ぎだと一〇万ぐらいは払うのか？」

小林の目にわかりやすい当惑が浮かんだが、すぐに敵対へと変わった。

「友達を介抱してるだけなんだけどな」

「じゃ、そいつの家族に連絡しておまえが本当の友達かどうか確かめようじゃないか」

小林がかすかに怯んだ。

「だいたいそいつは酒を飲める歳じゃないだろ」

小林がさらに怯んだ。

「いや、飲んでるのは酒だけじゃないか。今すぐそいつを病院に連れてって検査しようぜ」

小林は恨めしい視線を僕にぶつけてきた。

「すかした顔でテレビに出続けたけりゃ、そいつを置いてとっとと消えろ」

小林は相変わらずぐったりしたままの若い男をそっと地面に横たえた。そして、僕を避けるために小さな半円を描きながら進み、マンションの入口を目指した。僕は小林がそばを通り過ぎてすぐに踵を返し、小林の背中に向かって声をぶつけた。

「おい」

小林が肩をびくっと震わせ、足を止めた。

「いつも見張ってるぞ」

嘘だ。そんなことできるわけない。でも、これが北澤のためにできる僕の唯一のことだった。本当は殴り倒してやりたかったが、北澤が受けた痛みに敵うような痛みを、僕が小林に与えられるわけがなかった。

小林は歩を再開し、ほどなくマンションの中に消えていった。ほとぼりが覚めたら、あいつはまた同じことを始めるだろう。そして、いつか破滅するまでやめることはないだろう。あるいは、強い力に護られながら破滅することなく逃げ切るだろう。ここから先で僕にできることといえば、世界が真っ当に機能するのを祈ることと、目の前にいる若い男を無事に家に送り届けることだけだった。

地面に横たわったままの若い男に近寄り、膝をついた。間近で見ると少年と呼ぶのが正しい顔つきに見えた。手の甲で少年の頬を軽く叩くと、目が薄く開いた。

「大丈夫か?」

少年は今にも途切れそうな意識をどうにかもたせ、僕に訊いた。

「君は誰?」

僕は少年の後頭部に手を差し入れ、そっと持ち上げて言った。

「僕は南方。家に帰ろう」

20

12月24日。

明確な殺意を持った女が右手にナイフを持ち、僕と近距離で向かい合っていた。僕は持っていたナイフの位置を顔の高さから少しだけ下ろし、左足にかすかに重心を移した。次の瞬間、僕が右へとステップすると思った女は素早く手を伸ばし、ナイフの刃先を僕の心臓が来る予定だった場所に突き出した。僕は女が動くのと同時に左にステップして女の外側に出た。そして、左手を瞬時に伸ばして女の手首を握り、ナイフのグリップエンドを女の親指の中手骨のあたりに思い切り叩きつけた。女の手からナイフが落ちた。僕は手首を握られて伸ばしたままになっている女の腕の下にナイフを潜らせ、アッパーカットのように刃先を女の顎下に突き上げた。もちろん、ナイフは模造で、刃先は寸止めをして顎には触れていない。

実戦なら死んでいるはずのりつが悔しそうに舌打ちをした。僕はナイフを引き、手首を離したあと、大銀杏のほうに視線をやった。もうすっかり冬なのにクラッシュのTシャツ姿のランボーさんとウィルが楽しそうにこちらを見ていた。年内最後の稽古だった。稽古日は毎週木曜日で本当なら昨日のはずだったが、祝日で公園が混むという理由で今日になった。そして、クリスマスイブに男女が殺し合いの真似事をしているのを、二人は大いに楽しんでいるようだった。日にちを変更した二人の意図はわかっていたが、北澤の件で世話になったので甘んじて見せ物になるつもりだった。りつがナイフを拾って、構えた。殺意が飛んでくる。殺されないように体勢を整えた。

二時間の稽古を終えると、空は完全にコーヒー色に染まっていた。いつもなら雑談をして帰るのだが、急いで帰り支度をしている僕を見て、りつが言った。

「見栄を張っても虚しいだけだぞ」

ランボーさんとウィルが憐れみを含んだ眼差しで僕を見ていた。まったく。どいつもこいつも。

りつが途中まで一緒に帰るというので、支度が終わるのを待った。

「今年もお世話になりました。ありがとうございました」

僕がそう言うと、ランボーさんはハミングしていた『きよしこの夜』のメロディを中断し、僕の頭をぽんと優しく叩いた。

「来年もよろしくね」

「はい」

僕はウィルに向かって右のこぶしを突き出した。ウィルも右のこぶしを突き出し、こつんと僕のこぶしに当てた。支度を終えセーラー服姿に戻ったりつは二人とハグを交わした。

りつと高田馬場駅まで歩いた。道のりの半分ぐらいまで来たところで、りつが言った。

「あたしの名前は片岡りつ」

「そういえば苗字を聞いてなかったな」

「名前なんてどうでもいいけどね」

「確かに」

戸山口に着き、じゃあなと言って愛車を方向転換しようとした時、りつがバッグの中から小さな包みを取り出して僕に差し出した。包みは緑の紙と赤いリボンで包装されていた。

「ほんのちょっとだけ世話になったから、そのお礼」

プレゼントを用意していなかった気まずさを感じつつ、受け取った。

「ありがとう」

りつは怒ったように眉根を寄せながら、またね、と言って、足早に駅の構内へと去っていった。りつの姿が見えなくなったあと、迷った末に包装を解いた。中身がわかり、思わず微笑んだ。『ちいさこべ』の文庫本だった。


家に帰ってすぐにシャワーを浴び、一息つく間もなく着替えて家を出た。待ち合わせの午後九時ちょうどに『ノーチェ』に着いた。店内はクリスマス仕様になっていて、赤と緑と金で溢れていた。カメイプロダクションのイケメンはいなかった。いつかまた相見えた時には丁寧に誤解を解いてやろう。二度と会わないことが第一希望なのは間違いないが。

いつもの個室に入ると、吉村恭子が先にテーブルについていた。僕が椅子に座ったタイミングでサンタワンピースを着た黒崎さんが入ってきて、オーダーを取った。似合ってます、と僕が言うと、黒崎さんは、ありがとう、と言って艶やかに微笑んだ。黒崎さんが出て行って吉村恭子を見ると、そういうのいらないから、といった感じの目つきを僕に向けていた。

「無理して個室を空けてもらったんですから」

「サービスってわけ？」

「そういうことでもないですけど」

吉村恭子は鼻で笑った。この時期は写真誌のカメラマンに追いかけられるから個室のある店を用意しろ、と命令されたからがんばったのに。

オーダーが出揃い、僕はグレープフルーツジュース、吉村恭子はウーロン茶で乾杯した。雑談をしながら食事に軽く手をつけたあと、僕は先日の約束通りに北澤の件について話した。何も隠さなかった。北澤と小林の関係もありのままを話した。もしかしたら吉村恭子が社会部に異動し、小林の罪を追及してもらえるかもという淡い期待を込めてだった。終始険しい表情を浮かべていた吉村恭子は、僕が話し終えると深いため息をついて、言った。

「噂は聞いたことがあったけど」

「テレビ局の連中は知ってて小林を使ってるってことですか」

「あそこの事務所は怖いから」

僕が視線を逸らすと、吉村恭子は小さな声で、ごめんね、と言った。

「吉村さんが謝ることじゃないです」

もう一人の僕が耳元で囁く。

世の中なんてこんなもんだろ。

本当に。本当にそうなのか？

僕が視線を逸らしたままでいると、吉村恭子は、ねぇこっち見て、と言った。僕は視線を戻した。

「あんたのせいじゃないのよ」

「でも」言葉を続けようとしたが、何も出てこなかった。

「入社してすぐの頃なんだけど」吉村恭子はそう前置きして話し始めた。「同期の子がデスクの電話を見ながらそわそわしてて、不思議だったから理由を聞いたら、ゴールデンタイムの司会を担当してるアナウンサーのほとんどが入社してすぐに編成局の局長と食事をした人らしくて、みんな自分もそうなりたくて連絡を待ってたってわけ。ちなみにうちの会社はね、新入社員の顔写真入りの名簿を局長クラスに真っ先に配ることになってるの。局長連中が名簿の中から気に入った女子社員を選んで、手下を使ってその子との食事をセッティングさせるのが春の恒例行事になってる。新入社員の子からすれば局長からの誘いを断れるわけがなくて、あたしも例外じゃなかった。あたしの電話が鳴って、編成局長の手下から会食の日時と場所を一方的に告げられて、完全なパワハラとセクハラにむかついたけど同期の子たちに優越感を覚えてる自分もいて、色んな葛藤を抱えながらも食事ぐらいならなんともないと思って会食に出かけた。麻布の個室フレンチに遅れてきた局長はおしゃれをしてて、もうめちゃくちゃバックルが大きなベルトをつけてた。バックルは有名ブランドのロゴマークになってるんだけど、思わずプロレスのチャンピオンベルトみたいですね、って言いそうになったぐらい。僕はあいつと同じ美容室に通ってるんだとか言って有名タレントの名前を挙げたり、新しいベンツに乗り換えたことを自慢したり、とにかく薄っぺらい話をずっと聞かされて、今すぐここが火事になるか、局長が心臓麻痺で倒れてくれないかってひたすら祈ってた。拷問みたいな二時間が過ぎて、ようやくお開きかと思った時、こう言われた。僕はタワーマンションの最上階に仕事部屋を持っててそこから見える夜景がすごいんだ、今からそこで飲み直すよ。それは誘いでも提案でもなく上役からの命令だった。あたしはこう答えた。ふざけんな」

僕は心から笑い、最高、と言った。吉村恭子は僕をまっすぐに見て、続けた。

「局長から命令された時、あたしが何を考えたかわかる？　あんたたちのことよ。あんたたちが断れって背中を強く押してくれた。あんたたちと出会ってなかったら、あたしは今頃局長にいいようにされて、作り笑いを浮かべながらどうでもいい番組の司会をやって、スポンサーに媚を売ってたかもしれない。わかる？　あんたたちは直接スイッチを押さなかったけど、あたしという人間を救ったのよ。だからしょげてないで、いつまでもあがいて、もがいて、闘って、間接的に色んなスイッチを押し続けて、少しずつでも世界を変えていきなさい。もしあんたのやってることを見紛う人間がいたとしても、あたしがあんたを赦してあげるから」

僕は吉村恭子を見つめ返して、言った。

「めちゃくちゃ心強いです」

吉村恭子は満足げに微笑み、そして、言った。

「あたしもがんばるから。絶対にクソみたいな現実を変えてみせる」

久しぶりに見た昔の顔だった。僕はめいっぱいの微笑みを返した。

21

12月25日。
初めて告訴をする人間が現れた。
佐久間友希に違いない。
あとに続く者も現れるだろう。きっと。
被害者たちの正義が叶い、いずれみんなが穏やかな眠りにつけますように。
メリークリスマス。

22

1月14日。

時速が一〇キロ増すごとに体感温度は一度下がるらしい。今の気温は三度。つまり、今の僕はほぼ氷点下の世界の中にいた。簡単に言えば、寒い。めちゃくちゃ寒い。耳がちぎれるかもしれない。

どうにか耳が繋がったまま教職員専用駐車場に着き、愛車を停めた。元気を出すために適当な英語で『ライク・ア・ローリング・ストーン』を口ずさみながら中庭に入った。期末試験の前だけあって、行き交う学生の数はいつもより明らかに多かった。学食も同様で、ランチタイムにはまだ間があったが、ノートのやり取りなどをしている学生たちですでに席が埋まり始めていた。空席をあてにせずいつものテーブルに行ってみると、先客がいた。僕はダウンジャケットを脱ぎながら先客の向かいの席についた。

「久しぶり」と先客の結城が言った。

「久しぶり」僕はかじかんだ両手を擦り合わせながら応えた。「なんかあった?」

結城はテーブルに置いてあった二つの缶コーヒーの内の一つを僕に差し出した。

「未払いだった報酬を払おうと思ってね」

缶コーヒーを受け取った。温かかった。カイロ代わりに両手で挟んだ。

「北澤家はどう」と僕は訊いた。

「相変わらずだね。普通にはまだまだ程遠い感じ」

「そうか」

「でも、悠人の刑期は思ったより長くはならないかも」

「それは良かった」

「昨日、悠人からの手紙を両親に見せてもらった。拘置所での毎日はしんどいけど、段々と人間に戻れていってる気がする、って書いてあった。君にお礼を伝えて欲しい、とも書いてあった」

「そうか」

「君に頼んで本当に良かったと思ってる。改めて礼を言うよ。ありがとう」

結城には小林の件を話していなかったが、結城のことだから何かに勘づいていたとしても、あえて見て見ぬ振りを決め込んでいるのかもしれなかった。いっそ打ち明けて、小林がこの世界を堂々と闊歩し続けていられるうちは素直に礼を受け取る気にはなれない、と言いたかったが、北澤が自らの口で結城に打ち明けるまでは僕が話すわけにはいかなかった。

「これのためにがんばったよ」僕は缶コーヒーのプルトップを起こし、口をつけた。

結城は優しげな眼差しで僕を見つめていた。何もかも見通されている気がしたが、結城になら構わなかった。

「今回の件をきっかけにして、身近な友人たちと自分たちのことを真剣に話し合ってみた」と結城は言った。「みんな他人には窺い知れない悩みを抱えているのがわかった。中には相当シリアスな悩みもあった。だから、僕は人助けを始めることにした」

結城がりつと同じようなことをしないかと一瞬心配になったが、結城ならそんな無茶をするはずがないとすぐに思い直した。

「いいことだと思う。君なら多くの人を助けられるよ」と僕は本心から言った。

「これから先、何か困ったことがあったら必ず言ってくれ。全力で力になるよ」と結城は言った。

「とりあえずまったく試験勉強をする気になれないんだけど、どうすればやる気が出るか教えて欲しい」

結城は何かを含んだ笑みを浮かべたあと、椅子から腰を上げて、言った。

「使いっ走りでもなんでもやる。とにかく、困ったら必ず声をかけてくれ」

結城は、じゃまた、と言って、テーブルを離れていった。謎解きを振られたようで気になったが、問いがなんなのかもわかっていなかった。このまま考えても迷宮入りは決まっていたので、早めに見切りをつけ、ランチを買いに行こうと椅子から腰を上げた時、結城が去っていった道をなぞってこちらにやってくる若い男がいた。ガリガリに痩せていて、着ている服がダボダボだった。伏し目がちに歩いてきて、さっきまで結城が立っていた場所で立ち止まった。そして、恐る恐るといった感じで視線を上げ、僕を見た。口を開いたのは一〇秒後だった。

「君が南方君かい？」

「そうだけど」

「ここに来れば君に会えるって聞いて」

「無事に会えたよ」

「困ったことがあったら君が助けてくれるって聞いて」ガリガリに痩せた若い男はそう言うと、右手を左肘にあてて何度も神経質そうにさすった。

「それを誰から聞いた？」

「学内で噂になってる」

謎解きの答えがわかった。結城の奴。

「僕の力じゃどうしても解決できないことなんだ」ガリガリに痩せた若い男の目に切実なものが浮かんだ。「助けてもらえないかな」

「オーケー、話を聞くよ」

目の色に気圧され反射的にそう言ってしまい後悔をしかけたが、一瞬で打ち消した。本能に逆らうな。あがけ、もがけ、闘え。

ガリガリに痩せた若い男の顔に安堵の色が広がった。目がかすかに潤んでいる。もう大丈夫。決して置いてきぼりにはしない。

僕は腰を下ろして、言った。

「何があった？」

参考文献

『地に呪われたる者【新装版】』フランツ・ファノン　訳／鈴木道彦・浦野衣子　みすず書房
2015年

金城一紀（かねしろ　かずき）
1968年生まれ。他の著書に『GO』『レヴォリューションNo.3』『フライ，ダディ，フライ』『SPEED』『レヴォリューションNo.0』『対話篇』『映画篇』がある。

本書は書き下ろしです。

装画／たけもとあかる
装丁／岩瀬 聡

友《とも》が、消《き》えた

2024年12月16日　初版発行

著者／金城一紀《かねしろかずき》

発行者／山下直久

発行／株式会社KADOKAWA
〒102-8177　東京都千代田区富士見2-13-3
電話　0570-002-301（ナビダイヤル）

印刷所／旭印刷株式会社

製本所／本間製本株式会社

●お問い合わせ
https://www.kadokawa.co.jp/（「お問い合わせ」へお進みください）
※内容によっては、お答えできない場合があります。
※サポートは日本国内のみとさせていただきます。
※Japanese text only

定価はカバーに表示してあります。

ISBN 978-4-04-115534-9　C0093